徳間文庫

震撼

首都崩壊

龍一京

徳間書店

目次

プロローグ

「や、やめろ。約束が、約束が違う……」

真っ蒼な顔をして椅子に掛けている男は、震えあがっていた。

渇き切った唇をわなわなと震わせ、顔を硬く引き攣らせている。男の目は怯え切っていた。

「約束？　誰がそんな約束をした」

銃を突き付けている男が、薄い眉をぴくっと動かし、男の言葉を突き放した。

引き金に指を掛けている男の体内には血が流れていないのか、ほとんど表情を変えず、冷ややかに怯えている男を見下していた。

「約束したから言うことに従ったんじゃないか。それをいまになって……初めから騙すつもりだったんだな、汚い……」

男の表情が恐怖と後悔と怒りから複雑に歪んだ。そこには絶望感がありありと見えていた。

妻と子供がいまも人質に取られている。

自分はともかく家族を見殺しにはどうしてもできなかったのだ。

初めからこの男たちを信用していたわけでも、約束を守ると考えていたわけでもなかった。

だが、わずか一パーセントでも助かる可能性が残されているとしたら、その可能性に賭けてみるしかなかった。

男は自分を馬鹿だったと責めた。家族が殺されると脅かされ、相手に従うしかなかったが、自分のしたことがどんなに恐ろしい結果を招くか、わかりすぎるほどわかっていた。

いまになって身が震えるほどの恐怖を覚え、悔やんでいた男は、すでに覚悟は決めていた。だが、自分は殺されてもなんとか家族だけは救けたかった。

「俺たちが汚ねえだと？　てめえが馬鹿だっただけじゃねえか。おまえはたしかに仕事はやってくれた。その仕事に対して報酬を与えるのは当然だ。そうだよな」

男がからかうような言い方をした。

あれこれ文句を言えるのもいまのうちだ。あと何秒かで頭から血を噴きだしてぶっ倒れる。それまでせいぜいいたぶって愉しんでやらなきゃ、面白みがねえ――。

男は顔の表情を変えずに口角を歪めた。そして薄い冷笑を漏らした。

「私を殺したければ殺せばいい。しかし家族は何も知らない。関係ないんだ。頼む、家族だけは救けてくれ……おまえたちの言うことを聞いたら、家族は解放すると約束したじゃないか……」

男が怯えながらも精一杯反発した。

家族が人質に取られ、止むを得なかったとはいえ、私があそこへ勤めていなければ、家族が事件に巻き込まれることはなかったんだ。

男は家族のことを考えれば考えるほど、目の前で拳銃を突き付けている男とその仲間が憎くてならなかった。

「殺されることを恐れないというのはいい度胸だ。だが、俺に何度も同じことを言わせるな。俺はしつっこく言われると機嫌が悪くなるんだ」

銃を突き付けている男が、冷えきった眼差しを向けた。

「悪党でも多少の良心はあるだろう」

男が声を震わせながら言った。

「良心だと？　面白いことを言うじゃねえか。良心など見たことも聞いたこともねえ。ふふ……」

銃を握り直した男が口元から含み笑いを漏らした。だが、見下している目に笑いはなかった。

「あんたにも親や兄弟がいるはずだ。あんたの家族や恋人が突然人質に取られ、殺されそうになったらどうする。救けたいと思うだろ。家族には何も責任はない。頼む、わかってくれ……」

「今度は家族愛か。悪いがそんなものはとっくに捨てた。親兄弟のことなど考えたこともねえ――」

親兄弟の話を持ち出されたからか、男は急に真顔になって言葉を吐き捨てた。

「家族だけでも解放してやってくれ。妻はあんたたちが何をしようとしているのか、まったく知らない。だから解放しても迷惑をかけるようなことはしない……」

男は必死になって喋(しゃべ)った。話が途切れたら殺される。そんな恐怖が逆に話をさせていたのだ。

「そうかな？　俺たちの顔を覚えているじゃねえか――」

男が警戒心を剝出(むきだ)しにした。

解放したら警察へ行ってべらべら喋るにきまっている。似顔絵でも作られたら、俺たちの動きが取れなくなる。

そればかりじゃねえ。俺たちがこれからやろうとしているどでかいことが、女の一言で崩れることもあり得る。

「家内は絶対に喋らない。信じてくれ……」

「信じるだけの担保があるか？　ただおまえが勝手に言っているだけで何もない。そうだろ――」

「私を人質に取っていれば黙っている。頼む、子供は病気なんだ。女房と子供だけは助けてやってくれ。お願いします……」

男は懇願するように言って、何度も頭を下げた。

もう何を言えばいいのかわからなくなっていた。ただ相手に頼み込むしかなかった。

「無理だな。もちろん俺たちも、おまえの女房が、どうすれば口を噤むか真剣に考えてみた。それで、俺たちなりにその考えが通用するか実践してみたんだ」

男はまったく悪怯れた様子もなく話した。

「実践してみた？　女房や娘たちに何をした。何をしたんだ！」

男の脳裏に嫌な考えがよぎった。

「さすがにいい肉体をしていたな」

男が銃を頭に押しつけ、ニンマリとほくそ笑んだ。

「貴様、女房に手をかけたのか!!」

男が思わず怒鳴った。嫌な予感が現実のものとなっていたことを直感した。

「手をかけたなどと人聞きの悪い。ただ、せめて生きている間に愉しませてやらなければ可哀相だ。そうだろ？　だから、可愛がってやったんだ」

「鬼!!　よくもぬけぬけとそんなことが……」

男はわなわなと唇を震わせた。

妻が強姦された。そのことが夫としてたまらなかった。すぐにでも飛びかかっていって、殺してやりたい衝動に駆られていた。

男は内面から突き上げてくる怒りのやり場がなかった。

銃口を突き付けられて、感情を抑えるしかなかっただけに、膝の上で握り締めていた手の震えが止まらなかった。

「奥さんは割り切っていたぜ」

男が人を食ったような言い方をした。

「くそ……」

男が歯を食いしばった。こめかみがぐいぐい動く。下から怒りと憎悪の目を向けて睨みつけた。

「文句がありそうだな。気持ちはわからなくはないがもう諦めろ。家族をばらばらにしたりはしねえから安心しろ。仲良く死なせてやる」

「くく……」

瞬間、椅子から腰を上げた男が、夢中で拳銃を持っている男の右手に飛びかかろうとして動いた。

パン――と同時に、銃を握っていた男の指が反射的に動き、引き金を引いていた。炸裂した火薬の音が耳に乾いた音を残した。

「ぐえ……」

真っ赤な血が宙に舞う。部屋の白い壁とフローリングの床に叩きつけられる。目を剝いた男の頭が大きく後ろへ弾かれた。

仰向けになって、どさっと倒れた男の後頭部が、鈍い音を立てる。銃弾は確実に前頭部から後頭部へと貫通していた。

激しい痙攣が全身を襲う。だがそれも長くは続かなかった。持ち上げていた体がどすっと落ちる。男はそれっきりぴくりとも動かなかった。

銃弾が抜けた後頭部の銃創痕から、おびただしい鮮血が流れ出る。どろっとした血が床に血溜りを作った。

「馬鹿が、自分から命を縮めやがって――」

男が引き金に指を掛けたまま吐き捨てるように言って、遺体を冷ややかに見下ろした。

第一章 犯行声明

1

闇の中を強い風が横殴りに吹き荒れていた。

七月十四日の深夜。新潟・柏崎市の空はどんよりと黒雲に覆われていた。街全体をいまにも押し潰しそうな、低く垂れ籠めた雲の下、湿った空気の中を黒塗りのワゴン車が猛スピードで突っ走っている。

鋭い目付きをした三人の男たちは、ずっと無言だった。

車の中からきつい視線を周囲に向け、様子を窺っている。夏だというのに、全身黒ずくめの服に身を包み、手袋まではめていた。

「午前一時か、予定どおりだ――」

太い腕を組み、助手席にどっかと腰を下ろしている大石が、腕時計に目を落として呟いた。

「この風なら周囲に物音は聞こえない。俺たちにとっては好都合だ」

ハンドルを握っている頬の瘦けた、背の高い笠松が、ニタッと冷笑を浮かべた。

対向車も、後ろから走ってくる車もない。辺りはしんと静まり返っている。人通りの途絶えた道路の周囲から聞こえてくるのは、空気を切り裂く風の音と雨蛙の鳴き声くらいのものだった。

「あの家だ――」

三人の中でいちばん若くてがっしりした体付きをしている山越が、後部座席から体を乗り出すようにして前方に見える大きな屋敷を指差した。

「市長ともなるとさすがに住む家が違う。しかし気の毒だが、ゆったり眠れるのはあと数分だけだ」

笠松が次第に大きく見えてくる家に視線をまとわりつかせ、また口角を歪め冷たい薄笑いを見せた。

と、そのとき大石のポケットに入れていた携帯電話が鳴った。

「俺だ――」

大石が携帯を耳に押しあてた。

――大石、そっちの段取りはどうだ。狂いはないか。

低くて太い男の声が耳に入ってきた。比留間英友だった。

「大丈夫だ、いま家のすぐ近くだ。あと二分ほどで実行に移す」

――わかった。すでにすべての段取りは終わった。こっちは三十分後に行動する。

「面白くなってきたな。パニックになって右往左往する奴らの姿が、目に見えるようだ」

――気持ちを抑えろ。これは遊びではない。いいか、これからが正念場だ。そのことを頭に叩き込んでおけ。間違いなく事を進めるんだ。

比留間がきつい口調で窘めた。

「わかっているって。そうカリカリするな。愉しみながらやらなきゃ息が詰まる」

――気を引き締めろ。気の緩みが命取りになる。いいか、失敗は絶対に許さん。一つの小さな失敗がすべての計画を狂わすことになる。そのことを頭に叩き込んでおけ。

「わかった、わかった。俺たちはガキじゃねえんだ……」

大石が不貞腐れたような声を出し、さもうるさそうに言った。

——念を押しておくが、くれぐれもこっちの目的は絶対に悟られるな。市長と息子を拉致したらすぐこっちへ戻ってくるんだ。

「ああ……」

大石がくどいと思いながら、面倒臭そうに返事をした。

——市長に対する憎しみや恨みから拉致したと思わせろ。

「家族の者が抵抗したらどうする」

——かまわん、ぶっ殺せ。

比留間が厳しい口調で指示を出した。

「わかった」

大石が興奮気味に返事をした。

——大石、世間の奴らに俺たちの力を見せ付けるときがきたんだ。日本中を震えあがらせるときがな。そのためにも仕事はきっちりやるんだ。

比留間が再度厳しく指示した。

「警察や自衛隊、政府の奴らが目の色を変えて慌てる。見物だな……」

大石は前方に鋭い視線を向けながら、政府機関が右往左往する様を頭に描き、気持ちをぞくぞくさせていた。

――仕事が終わったらすぐ連絡しろ。途中トラックに乗り込むのを忘れるな。おまえたちの顔と車を誰が見ているかわからん、高速道路に設置されたカメラに、絶対顔と車が写らないようにするんだ。

大石が険しい表情をして頷きながら、「気をつけてやれ」という比留間の言葉を受けて電話を切った。

「おい、家の手前で停めろ……いま比留間から連絡が入った。すべて態勢が整ったということだ。皆いいな」

大石が気を引き締めた。

「ああ、いつでもいいぜ……」

笠松が大石の言葉に小さく頷きながら、ニタッと口元を歪めた。

「ちょうどおあつらえ向きに、降ってきたぜ――」

暗い空から大粒の雨が落ちてきた。大石はフロントガラスに当たって弾ける雨粒を見ながら、周囲に鋭い警戒の目を向けた。

山越が緊張からか、黙って頷き喉仏を膨らませ、ゴクリと生唾を飲み込んだ。

「…………」

「ここで停めろ――」

大石が周囲を窺いながら指示した。

笠松が小さく頷いてゆっくりとブレーキを踏む。ワゴン車が道路の端に沿って、家の手前七、八メートルのところで停まった。

三人は周囲に鋭い視線を向けて、人と車を再度確認した。誰も歩いている者はいない。車影もまったく視野に入らなかった。

「家族は市長を含めて六人だ。市長夫婦が寝ているのは一階のはずだ。目的は市長と息子だ、わかっているな」

大石が短く声を殺して言いながら、風の音を聞き、弾ける雨足を見ながら、目出し帽を手にしてすっぽりと被(かぶ)った。

「ああ……」

笠松が冷たく返事をして、鋭い眼差しを明かりの消えた家に向けた。

そして黒い目出し帽を被り、手にサイレンサーを装着した拳銃を握り締めた。

「………」

山越は何度も生唾を飲み込みながら、他の二人と同じように態勢を整えた。だが、よほど緊張しているのだろう、銃を持つ手を小刻みに震わせていた。

降りだした雨の中、体を屈めた三人はよほど訓練を受けているのか、機敏に屋敷のなかに駆け込んだ。

農家が多い地方のこと、大きな門柱はあるが門扉はない。難なく建物に近付くことができた。

「………」

大石が拳銃を握り締め、周囲に警戒の目を向けながら「やれ」というふうに頬の痩けた男に顎をしゃくった。

男は雨に濡れながら、黙って玄関先に歩み寄った。いきなり引き違い戸の鍵の部分に銃口を向けて、引き金を引いた。

プス、パシッ——サイレンサーの低い音がすると同時に鍵が吹っ飛んだ。だが、その音も吹く風の音で完全に吸収されていた。

大石が素早く玄関を開けて中に体を滑り込ませた。続いて笠松と山越が家の中に入り、内側から元通りに引き戸を閉めた。

「二階を見張ってろ」

大石が階段の下を差し、声を落として指示した。

笠松が小さく頷いて階段の陰に身を隠した。

それを確認した大石が、山越に向かって、一緒にこいというふうに頭を動かし顎をしゃくった。そして先になって部屋の奥へ足を踏み入れた。

きゅっきゅっと、靴底と床が擦れて小さな音がする。濡れた靴が綺麗（きれい）に磨き上げられた廊下に足痕（あしあと）を残した。

息子夫婦と子供は二階で寝起きしている。市長夫婦の寝室は建物の一階東角にあった。

大石はあらかじめ調べていた階下の寝室に、山越を連れて真っすぐ部屋に向かった。

居間の戸を開けようとして、格子硝子の引き違い戸に手を掛けた瞬間、人の気配を感じたのか、

「誰だ！」

と、市長が怒鳴った。

しまった、まだ起きていたのか——大石はそう思った瞬間、がらっと戸を開けて部屋の

中に飛び込んだ。山越もその後に続いた。

「静かにしろ。声を立てたら殺す！」

大石が拳銃を額に押しつけて脅した。

横に寝ていた妻も夫の怒鳴り声で異常に気付いた。そして市長の後ろに寄り添って顔を引き攣らせている。突然のことで声もあげられず胸元に両手を当てて、ただ震えていた。

「私を誰だと思っているんだ！」

市長が拳銃を突き付けられながらも、気丈に反発した。

「声を立てるなと言ったはずだ！」

大石が低く押し殺した声で威圧した。

と、山越が無言で後ろへ回り、妻の頭に銃口を突き付けた。

「やめなさい。女房に手を出すんじゃない。君たちの目的はなんだ、金か――」

市長が妻を庇った。

「黙れと言っただろうが――」

大石がさらに声を低くし、右手が動いた。

頭に突き付けていた銃口を外し、銃床でおもいきり市長の顔を殴りつけたのだ。

「うっ……」

「きゃ――！」

市長が顔を顰めて布団の上に倒れたのを見て、妻が悲鳴を上げた。

瞬間、山越が引き金を引いた。

妻の頭が前に弾かれ、血飛沫をあげながら布団の上にぶっ倒れた。

「貴様ら！」

市長が妻の体を抱えて喚きたてた。

「市長、いまあんたと言い合っている暇はない。悪いが一緒にきてもらうぜ。おい、口を塞げ」

と大石が指示したとき、階段のほうから「うわーっ」という悲鳴と、ドンドンドンという大きな音がした。

二階にいた息子夫婦が気付いた――そう思った大石は、急いで山越がガムテープで口を塞ぎ、手足を縛り付けるのを手伝った。

市長の体にシーツを巻き付けて両端を縛り付けた。そして結び目を鷲掴みにして山越に目配せをして居間から運び出した。

階段の下には男と女が血みどろになって倒れている。笠松が飛び出してきた若夫婦を撃っていた。

「息子をなぜ殺した！　拉致しろと言ったはずだ！」

大石が怒鳴りつけた。

「仕方がねえだろ、奴のほうが飛びかかってきたんだ」

笠松が平然と言ってのけた。

「馬鹿が！　仕方がない。急げ、ぐずぐずするな——」

大石は、男女の死体を見て、ニタニタしている笠松を強く促した。

2

警視庁警備部公安部長で、五十四歳の成田道人警視正のもとに、テロを担当している警部の根岸幹雄と警部補の海棠俊（かいどうしゅん）、そして巡査部長の新涼奈津名（しんりょうなつな）の三人が呼ばれていた。

「海棠、それから新涼、根岸警部とも話し合って決めたんだが、きみたち二人には今日から特別な任務についてもらう。危険をともなう任務になるかもしれんが、そのつもりで話を聞いてくれ――」

成田が腰を下ろしている二人に、厳しい顔で話した。

「…………」

瞬きもせず、黙って鋭い目を向けた海棠は四十二歳。身長は百七十八センチで体重は八十キロ。肩幅の広い筋肉質のがっちりした体付きをしている。

柔道四段、空手三段という猛者で、いまから五年前に約二年間ＦＢＩに出向していたという経歴を持っていた。

強盗や殺人誘拐といった凶悪な犯罪を担当している捜査一課の刑事や、暴力団の犯罪などを担当している捜査四課の刑事たちとは、どこか受ける印象が違う。

目付きが鋭いというところは似ているのだが、犯人か刑事かわからないほど人相が悪く、泥臭さを感じる捜査一課や暴力を担当している四課の刑事たちとは、ちょっとタイプが違っていた。

「新涼、今度の任務はテロ組織と思われる相手が対象だ。きみにはたしか雄太という四歳になる男の子がいるな。もし、都合が悪ければいまのうちにはっきり言ってくれ。早急に交替要員を人選しなければならないからな」

根岸が成田に代わって念を押すように言った。

「いえ、私なら大丈夫です。子供は実家に預けていますし、父と母が面倒を見てくれていますから」

きっぱり言い切った新涼奈津名は三十二歳。三年前に離婚していまは子持ちの独身である。

身長は百七十センチでスリムなプロポーションをしている。自分から子供がいるといわなければそのまま独身で通るほど若々しい。

大きな二重の瞳、鼻筋の通った少し面長な顔立ち。下唇がちょっと厚めなこともあってセクシーな感じがする美人である。だが、合気道三段という腕を持っている。

ショートカットにいつもスーツとロングパンツを穿いていて、ほとんどスカートというものを穿いたことがない。快活な女——そんな感じのする女性だった。

離婚したとき子供の雄太を引き取り、女独りで育てている。それに、両親にも迷惑を掛けているという事情もあるのだろう、気丈なところはある。

だが、持ち前の性格の明るさから湿っぽさは微塵も感じさせなかった。

そんな海棠と奈津名には共通する特技があった。拳銃の射撃だ。的に向かって十発撃てば、十発とも黒点のど真ん中に弾丸を集中して撃ち込む。それほど確かな射撃の腕を持っていたのだ。

「わかった」

「警視正、具体的に任務の内容を聞かせてもらえませんか――」

海棠が頷いた根岸から視線を外し、ちらっと奈津名の緊張した顔を見て聞いた。

「新涼、もっと肩の力を抜いて聞け」

成田が硬くなっている奈津名を見て言う。

「はい……」

奈津名が返事をして、気持ちを落ち着かせるために体を動かし、座り直した。

自分でも気持ちが硬くなっているのはわかっていた。これまでは上層部が警部に指示して、警部から部下の自分たちに命令していた。

ところが今回は警視正が直接呼び付けて、特殊任務に就かせるため、自ら任務について話をするという。それだけでも今度の任務がいかに難しいかがわかる。

もちろん特殊任務を引き受けるということは、命を預けることである。息子雄太のことが脳裏をよぎった。

　しかし、男であれ女であれ警察官である以上、誰でも毎日命を懸けて任務に就いている。それは奈津名も例外ではなかった。刑事課、交通課、生活安全課、地域課、公安課など、どのセクションに所属していたとしても、奈津名自身も一警察官であることに変わりはない。

　組織の中にあって命令は絶対。幼い息子がいるからという理由で命令を回避することなどできない。だから余計に気持ちが張り詰めていて硬くなっていたのだ。

「実は一週間前に『燃える星』と名乗る男から民自党本部に電話があったらしい。だが、民自党本部としても悪質ないたずらとして、今日まで相手の要求を無視していたようだ」

「どんな要求だったのですか……」

　奈津名が聞き返した。

　国内にある右翼の組織や、過激派などの組織であれば、ほとんど警察は実態を摑（つか）んでいる。だが『燃える星』などという組織の名前は、一度も聞いたことがなかった。

　公安課で把握できていない新しい組織ができたのだろうか——奈津名はそう思いながら、警視正の説明に耳を傾けていた。

「男は、政治と政治家の腐敗について激しい口調で非難をすると同時に、金塗（かねまみ）れになっている政治を直ちに変えなければ、ごく近い将来『東京が死の海と化す』という犯行予告とも受け取れるメッセージを伝えてきた」

　成田が状況を詳しく話し始めた。

「東京が死の海と化す？」

　海棠が太くて黒い眉を顰め、鋭い表情で聞き返した。

　いつだったか北朝鮮が韓国を火の海にすると激しい口調で言ったことがある。その言葉に似ている――海棠はそう思いながら険しい眼差しを向けて、耳の神経を尖らせて話の続きを聞いた。

「東京が死の海と化すといっても、あまりにも漠然としていて掴みどころがない。それに、相手が何を意図しているのか不明だったこともあって、民自党はその要求を完全に無視した」

「当然です。それで警視正、具体的にどんな内容の電話を掛けてきたのですか？」

　奈津名は具体的な話の内容について聞きたかった。

「自分たちは国民の代弁者だということで、防衛問題、ＯＤＡや北方四島返還、北朝鮮の拉致・不審船などの外交問題。金融問題、教育問題、医療問題、そして企業の食品偽装販売問題など、いろいろな分野について政府の取り組み方や、政治家の姿勢について厳しく批判したそうだ」

「不満を抱えているというのはわかるが、目的が漠然としていますね――」

海棠は正直なところ、相手が何を考えているのかわからなかったし、目的が絞り切れなかった。

「このような混乱した世の中にしたのは政治の責任だが、残念ながら今の政治家には自浄能力も世の中を変える能力もない。政治家に任せていてはこの日本はよくならない。さらに国民を苦しめるだけだ。だから止むに止まれず、世の中を変えるために蜂起（ほうき）したと、冷静に話したそうだ」

「思い上がったことを……」

海棠は、電話を掛けてきた男の言いたいことはわからないではなかった。

だが、蜂起するということは武装蜂起を意味する。世の中を変えるためにしろ、武力を使うとしたら、いかなる理由があろうと、その行為を見逃すことはできない。

それに、東京を死の海に化すという発想自体が独善的で鼻につく。第一、『燃える星』などという名前を名乗っていることが海棠は気に入らなかった。

「さらにアメリカに対しての従属外交。核を持つような中国になぜＯＤＡの援助を続けなければならないのか。直ちに援助を打ち切れとか、北朝鮮に拉致された日本人を何年、何十年も救けだすこともできない。日本の主権を侵害されているにもかかわらず、食糧支援をするなど弱腰、軟弱外交を続けてきた。政府はもちろん、与野党を問わず政治家はその責任を負わなければならないと、痛烈に批判していたらしい」

「………」

「その他、族議員の利権政治や上級公務員の天下りを直ちに排除しろとか、中小企業を締め付ける金融行政を改めよとか、世の中を混乱させてきた張本人である銀行のトップや、大企業の経営者、高級官僚にきちっと責任を取らせることなどを要求すると。そして、現状を何一つ打開できず、世間を混乱させ、不安に陥れていることに対して、まず総理大臣が国民に謝罪し、今後どのような対応をしてゆくか。マスコミを通じて、わかりやすく、かつ、具体的に説明するよう要求があったようだ」

成田が険しい顔をして事実をこと細かに話した。

「………」

海棠と奈津名は小さく頷いて、相手の目的、思惑は何だろうと思いながら、黙って話の続きを聞いていた。

「そして今日の未明、やはり『燃える星』と名乗る男から本部の捜査一課に電話があって、政府はいまだに自分たちの要求に応じていない。忠告を聞かなかった代償は高くつくと言ってきた」

「警察に脅しをかけてきたということですか……」

身勝手なと思いながら、奈津名はその一方で、『燃える星』と名乗る者たちが何を考えているのか。これから何をしようとしているのかが気になってきた。

「その通りだ。自分たちの主張を無視した政府は、当然責任を取るべきだ。忠告を信用しないのであれば、本気であるということを別の方法で知らしめると言ってきた」

「どういうことですか――」

奈津名が表情を強張らせた。

「『燃える星』を名乗る男は、本気であることを証明するために、すでに行動を起こした。さらに、三日以内に世間を震撼させるような事件を起こす、と犯行予告をしてきた」

「一ついいですか。相手が右翼であれ極左や過激派であれ、自分たちの要求を世間に知らしめるのであれば、直接マスコミとか、警察の公安課に連絡をしてくると思うのですが、なぜ捜査一課に電話を掛けてきたんですかね。そこのところがどうしても引っ掛かるんですが……」

海棠は今までの右翼や過激派などのやり方とは、どこか違うように思えてならなかった。

「たしかに警視正も私も、捜査一課に連絡してきたということに懸念は抱いている。右翼にしても過激派にしても、警察の中で自分たちをターゲットにしているのは公安だということは知っているはずだ。過去の手口から考えても、捜査一課に電話を掛けてくること自体がおかしい」

根岸が初めて口を挟んで説明した。

テロリストや極左の連中であれば、自分たちの行動を世間に知らしめるためには、マスコミを最大限使う。そのほうが組織の存在を誇示するには効果的だからだ。根岸はそこにテロリストなどが起こした過去の事件と、手口の違いを感じていた。

「俺もそう思います……」

海棠は眉間に縦皺を作り、返事をしたあと考え込んだ。

『燃える星』と名乗る男は、すでに行動を起こしたと言っているが、政治なり政治家を批判し、非難することで、自分たちの要求に正当性を持たせようとしているだけではないだろうか。

話の内容からすると、思想的な統一性はない。ただ世間で問題になっていることを、言葉として羅列しているにすぎない――そう思えてならなかった。

「警視正、その『燃える星』が行動を起こしたというのは、どういうことですか。何か具体的な事件が起きているのですか」

奈津名が質問した。

「いまのところ具体的な行動は不明だが、一つ気になることがある」

「気になること？」

「うん、新潟県警から今朝警察庁に入った情報だが、新潟県柏崎市の市長が何者かに拉致されたようだ。しかも、家族が三人射殺されている。ところが家の中が荒らされた様子はまったくなかったらしい。つまり、強盗に入って家族を殺したのではなく、市長を誘拐することが犯人の目的だったと思われる」

「柏崎といえば原子力発電所のあるところじゃないですか……」

奈津名がまさかと思いながら眉を顰めた。「その通りだ。『燃える星』と名乗る輩は、世間を震撼させるような事件を起こす。東京を死の海と化すと言っている。かりに彼らが柏崎市長を拉致したとしたら、何かの意図を持って原発を狙っている可能性もある」

「気になりますね……」

海棠が険しい表情をして呟いた。

柏崎という原発を抱えている地域の首長が、何の理由もなく突然誘拐され、身代金の要求がないということも腑に落ちない。

『燃える星』と名乗る男は、一週間ほど前に、政権を持っている民自党に要求を突き付け、総理大臣に謝罪を求めている。さらにはその要求を無視したことへの報復を考えている節がある。

海棠は、『燃える星』と名乗る男の言葉からテロを心配していた。

「そこで君たちの任務だが、柏崎へ行って、なぜ市長が誘拐されたか。原発との関わりがあるかないか。市長自身、あるいは家族が原発反対派の連中から恨みを買うような事実があったのかなかったのか、その辺の事情を捜査一課とは別に詳しく調べてもらいたい」

成田が二人の目を交互に見つめながら指示を出した。

「わかりました」

海棠と奈津名は、成田の指示を緊張して受け入れた。

「相手が武装しているのは間違いない。そこで万一のことを考え拳銃の携帯を許可するが、細心の注意をはかり早急に事実関係を明らかにしてくれ」

根岸は二人の身を心配しながら指示の補足をした。

3

特命を受けた海棠と奈津名が新潟に向かっているころ、東京・千代田区三崎町三丁目にある築三十年は超えているだろう、古い四階建てのマンションの四〇一号室に男が五人と女が一人集まっていた。

ビルの一階は社員が三人ほどの小規模な出版社が入っている。そして二階から上は住居になっていて、九世帯が入れる部屋になっていた。

赤い絨毯(じゅうたん)の敷かれた部屋の中央に、腰高で長方形のテーブルが置かれている。そのテーブルの上には日本地図と、東京都内の地図が広げられていた。六人はテーブルを囲むようにして椅子に腰を下ろしていた。

「政府も警察も俺たちの要求を無視した。もっとも答えが返ってくるとは初めから期待などしていないし、俺たちにとってはどうでもいいことだが、この代償は絶対に払わせてやる」

地図から目を離して顔を上げた比留間が、吐き捨てるように言った。

俺たちの力がどんなものか見せてやる。世間の奴らをパニックに陥れてやる。いまに思い知らせてやる。

その比留間は四十五歳。身長は百七十センチとあまり大きくはない。体格も瘦せていたが目付きだけは異様に鋭い男だった。

三年前まで日本石油公団に勤めていた。主に中東などでプラントの建設に携わっていて、国外勤務がほとんどだった。

そのこともあってか、本社に戻ってから自身の居場所はなかった。もちろん辞めさせられたわけではない。だが、日本へ戻ってきて本社で勤務はしたが、人間関係がうまくいかなかった。

精神的に追い込まれた比留間は、一時、鬱状態に陥るまでになり、入院したこともあって公団を辞めるはめになった。過去にそんな経歴を持つ男だった。

「いよいよ計画を実行するときが来たのよ。この一年半は長かった。でも、やっとここまできたんだからあとは間違いなく仕上げること。絶対に失敗は許されない。いいわね……」

辻有希子が目尻の上がった二重瞼の切れ長な目を男たちに突き付けて、厳しく言った。

有希子はいま三十四歳。独身だが、比留間と同棲している。身長は百七十二センチと比留間より高い。

前に突き出した豊かな胸。それとは対照的にキュッと引き締まった腰。そしてすんなりと伸びた長い脚。ちょっと日本人離れした理想的なプロポーションをしている魅力的な美女だった。

だがときどき見せる睨み付けるようなきつい眼差しと言葉遣い。あるいは、男たちを前にしてもまったく動じる様子もなく仕切っている。そのことからも、はっきりと気の強さが窺われた。

「すべてこっちの思惑どおりだ。で、これからの手順はどうする――」

薄笑いを浮かべながら聞いた大石健吾は四十三歳。がっしりした体付きをしている。

大石は、大手食品会社に勤めていて、真面目に勤務していた。加工食品部門の管理課長という役職にあったのだが、二年前にその食品会社を辞めさせられている。

会社上層部の判断ミスで商品の不当表示など、偽装工作をしていたことがマスコミにスッパ抜かれ、そのとばっちりを受けて、結局、自身も責任を取らされる形で職を失っていた。

しかもそのことが原因で立ち直れないほど借金に借金を重ね、借金漬けのなかで離婚した。

その後も毎日金融業者から取り立てに追われるといった、荒んだ生活をしていた。

だから会社に対しては人一倍激しい怒りと憎悪を持っていた。その牙をいつしか世の中に向けるようになっていたのだ。

「すでに犯行予告は出している。世間の奴らに対して俺たちの力を見せ付けるためにも、予告どおりにやる。そこでまず、いちばん効果的な場所をターゲットにする」

「それがテレビ局ということか……」

大石が比留間の言葉に大きく頷いた。

「午後六時きっかりに実行する。次に主だった高速道路と地下鉄を予定どおり爆破する」

比留間が再び地図に視線を移して冷たく言う。

テーブルの上に広げられていた日本地図には、爆破する高速道路の位置が赤く塗り潰されている。そして、東京都内の地図には、主要な電車の駅に青い印が付けられていた。その他にも、新潟県の柏崎には黄色の印が、そして、関東圏の山間部などにも赤の二重丸があちこちに付けられていた。

「なるほど。交通網を寸断すれば、混乱に拍車がかかるというわけか――」

大石が口元を歪めた。

俺たちが死ぬほど苦しんでいるとき、誰も見向きもしなかった。政治は庶民のことなどまったく考えていない。

口利きをして金をむさぼるかと思えば、秘書の給料までピンハネする。正義面して偉そうにしているが裏で何をしているかわからない。

大石は他人が働いて得た金を、寄付などという名目で懐に納めている政治家に無性に腹が立っていた。

「これから面白くなるわよ。政府は私たちの本当の目的を知らない。これを成功させればいくらでもお金は入ってくるんだから愉しいわよ」

有希子が悪怯れた様子もなく顔を綻(ほころ)ばせた。

「それはいいが、市長はどうするんだ。他の拉致した奴らと同じように、いっそ殺してしまったほうが足手まといにならないと思うが……」

別の男が、誘拐してきた市長のことを口にした。

「俺たちはまだ目的を達成したわけではない。確実に物を手にするまでは生かしておく必要がある。市長にはまだ聞き出さなければならないことがある。それに脅しの切り札として、あるいは万が一のときの担保として、利用価値がある。その意味からもまだ殺すわけにはいかん」

比留間が表情を変えずに言った。

「そう、比留間の言うとおりよ。いま警察はなぜ市長が誘拐されたかを考え、必死になって捜査している。だからそこを逆に利用して、こっちから犯行声明を出して捜査を攪乱させるのよ」

有希子が興奮気味に言う。その言葉の裏には事件を愉しんでいるような、冷たい感情の動きが見えた。

「いまテロという言葉に世間は敏感になっている。柏崎市長を誘拐し、一方で爆破事件を起こせば、警察は感覚的に原発とテロを結びつける。そこに犯行声明が出てくれば、政府も警察庁も間違いなくそっちへ目を向ける。それが俺たちの狙いだ」

大石が男に説明した。

アメリカで起きたツインタワーの崩壊が、多くの人々の頭に強く残っている。その後毎日のように、テレビや新聞で自爆テロのことが報道されている。そのことが爆破の効果をいっそう高める。

冷たい視線を向けた大石は、大勢の男女が逃げ惑い、警察や政府が慌てふためく姿を思い描きながら、思わず口元に冷笑を浮かべていた。

「その間にこっちの目的を達成させるということか。なるほど……」

別の男が頷いた。

「そればかりじゃないわよ。私たちはこの東京そのものに陥れられた。仲間の皆をビルの吹き溜まりに追い込んだ、この東京が崩壊するのをはっきりと見届けるまでは、絶対に手を緩めない。そのことを忘れないで」

強い口調で言った有希子は、美しい顔の中で眉間に深い縦皺を作った。眼の奥にはめらめらと燃えるような憎悪がはっきりと表れていた。

「東京が大混乱すると思うだけで、体がぞくぞくしてくる。まさか俺たちの仕業などと、世間の奴らは誰も考えていない。想像もしていないことが突発的に起きたら、人間がどれだけ慌てるか見物だな……」

別の男が言って、気持ちの昂ぶりを見せた。

「人間が生活してゆくためには、交通と電気、そして水の供給は欠かせない。その三つを遮断すれば間違いなく東京は大パニックに陥る。東京が異常な事態に陥れば面白いじゃないの」

「しかし女のあんたが、よくそんな大胆なことを考えるものだ」

大石が有希子の顔を覗き込んで感心すると同時に、鳥肌立つような緊張感と、おぞましさを有希子に感じていた。

この女、いったい何を考えているのだろう。たしかに俺も他の奴らも、世の中を徹底して破壊してやりたいと思っている。その考えは同じだ。

しかしこの女は、そんな俺から見ても異常と思えるほど、世間に対して強い憎しみを持っている。その激しい憎悪は俺たちの比ではない。

何がこの女をそこまで追いやったんだ。こんな整った綺麗な顔をしていながら、人を殺すのも平気だし、とんでもないことを考えている。

外見と性格がこれほど違う女も珍しい。もっとも顔と本人の性格はまったく関係ないが……。

自分の過去は誰にも話さないし、話そうともしない。同棲している比留間にさえも自分の生い立ちや、過去に何があったか話していないようだ。なぜなんだ。

はっきり言ってこの女の精神はまともじゃない。こうして話をしているときは信じられないほど冷静だが、俺たちが想像もつかないようなことを考え、実行に移してしまう。過去によほどのことがあったのだろうが、屈折した生活を送ってきたに違いない。でなければ、これだけ世の中を強く恨むことはないはずだ。

大石は有希子という女の冷酷さを、改めて肌で感じていた。

「大石、俺たちは予定どおり実行に移す。目的の場所を爆破させて警察の目を引き付ける。その間におまえは他の者を指揮して、教授と家族を拉致しろ。なんとしてでも情報を聞き出さなければならない」

比留間が冷たい視線を向けて強い口調で言った。

「任せておけ――」

「家族は自供させるための道具に使う。自供させるためならどんな手段を使ってもかまわんが、絶対に殺すな。いいな」

比留間が重ねて指示した。

「あんたの手に負えなければ私が喋らせる。そのときははっきり言うのよ。時間がないんだからね」

有希子が冷たく言う。

「おまえの手を煩わすまでもない。簡単なことだ」

大石がムッとしたように言う。

「いい返事だわね。じゃ愉しみにしてるから、期待を裏切らないでよ」

有希子が意味ありげな眼差しを向けて、口元を綻ばせた。

「二人ともいい加減にするんだ。もう一度段取りを確認する。午後六時きっかりに第一の予定場所を爆破する。続けて第二、第三の箇所を一気に連続して爆破させる」

「…………」

「それから犯行声明を出して相手の様子を見る。その間におまえは手筈(てはず)どおり教授とその家族を拉致して、別々に監禁しろ。くれぐれも周囲に不審を持たれないように、気をつけるんだ。それが終わったら他の者を監視に付けて、おまえはここへ戻ってこい」

「わかった……」

「それじゃすぐ掛かってくれ——」

比留間は大石の返事を聞いて腕時計で時間を確認した。そして顔を上げ、有希子と視線を合わせて互いに頷きあった。

4

「警部補、原発と柏崎市長が誘拐されたこととは、何か関係があるのでしょうか」

奈津名が、助手席から話しかけた。

「何とも言えんが、関係ないことを祈るしかないな——」

海棠は答えながら、同じように気にしていた。

警視庁本部の捜査一課に掛かってきた電話の内容は、政府を激しく批判、非難していた。このことから推測しても、たんなる強盗殺人、誘拐事件とは明らかに違う。

海棠は、まだ状況がよく把握できていなかっただけに、何かが気持ちに引っ掛かっていた。

「それにしても、寝込みを襲い、無抵抗な市長の奥様と若夫婦を銃で射殺するなんて、まともじゃないですよ。それも頭を狙って撃ったというじゃないですか。よくそんな惨(むご)いことが……」

奈津名が悲惨な犯行現場を想い描き、表情を曇らせた。

人が射殺された現場はまだ一度も見たことがない。しかし、頭や胸を撃たれ即死した遺体の写真は、巡査部長になって初級幹部の教育を受けたとき、鑑識の授業で見たことがある。しかもその写真がカラーだっただけに、鮮明に脳裏に焼きついていた。

これまでは、情報収集が主な仕事だっただけに、死体のことは脳のどこかに埋もれていた。

だが、現実に射殺事件の捜査をすることになったからか、その記憶が鮮明に甦(よみがえ)っていたのだ。

「よくわからないが、犯人が市長を誘拐したということは、何か特別な目的があるような気がしてならない」

海棠がハンドルを捌(さば)きながら言った。

「特別な目的といいますと？」

奈津名が海棠の横顔を見つめて聞き返した。

「よく考えてみろ。市長や家族に恨みがあっての犯行であれば、事件現場で全員を射殺すれば、それで決着がつく。それに、犯人たちが出した犯行声明には、市長を拉致したことには一言も触れていない。その点がすっきりしない」

「そうしますと、柏崎市長が誘拐されたことと、犯行声明を出した犯人とは無関係だと考えているのですか」

「無関係かどうか、いまは判断する材料がない。ただ、おまえが言っていたようにもっとも懸念されるのは、市長の拉致と原発が何らかの形で絡んでいたときのことだ」

「ええ……警部補、もしその二つが無関係ではなかったとしたら、犯行予告の中にあった、『死の海と化す』と言った言葉が気になります。柏崎の刈羽原子力発電所は海に面しています。もしかしたらそれを暗示しているのではないですか」

「可能性がないとは言い切れん。だが俺たちは先入観を捨てて、あくまで事実のみを調べることだ」

海棠は話しながら事件現場へ向かってハンドルを切っていた。

「警部補、柏崎西警察署は反対方向じゃないですか？」

奈津名が周囲をきょろきょろと見回しながら、柏崎地域の載っている地図を手に取って確認した。

明らかに警察署のある場所は通り過ぎている。どんどん離れて行っているような気がしていた。と同時に、嫌な感じが脳裏を掠めていた。

「事件現場を先に確認する」

「え!?　射殺された現場にですか……」

奈津名が表情を強ばらせた。

情報収集をするために生きた人間に会うのであれば、相手が誰であっても特に恐ろしいとは思わない。だが相手が死人となれば話は別。

巡査部長になりたての頃、何度か変死体の検死に立ち合ったことがある。

死体であっても人間である。しかし変死体は家族などが病死したり事故に遭って死亡したのとは違う。

殺された他人の死体を見るというのは正直なところあまり気持ちのいいものではない。

だが、恐いという感覚はあまり感じたことはなかった。

ただ、気の強い奈津名が顔を顰めるほど嫌だったのは、死臭だった。

死体の腐敗程度にもよるが、たんに肉が腐ったとか、食物が腐ったとかの悪臭とはまったく違う。完全に腐った生肉の臭いに、線香とか残飯の腐敗臭をごちゃ混ぜにしたような、どうにも我慢できないほどの悪臭なのだ。

しかも死臭というのはあとに残る。人は人の死を認めたくないという本能が心のどこかにあるのと、腐ってゆく人間の姿など見たくないという拒絶する気持ちがある。人としての感情がそうさせるのか、いったん鼻についた死臭はそう簡単には消えない。経験したことがなければわからないだろうが、厄介なものなのである。

たとえ目の前に変死体がなくても、そこに死体があったと思うだけで、記憶の中にある死臭が瞬時に甦ってくることがある。

奈津名が嫌な気持ちになっていたのは、事件現場が近くなるにつれて無意識のうちに、本能がその死臭を感じはじめていたのだ。

「どうした。顔が引き攣っているぞ――」

横目でちらっと奈津名の顔を見た海棠が聞いた。

「なんでもありません。少し緊張しているだけです」

奈津名が虚勢を張った。

「現場へ行くことが恐いか。まず事件現場を見ておかなければ話にならん――」

海棠は、事件現場はこの近くのはずだがと思い、道路脇にある家に目を配っていた。

柏崎へ来る途中まで、先に警察署へ行って状況を聞くつもりだった。捜査一課とは捜査目的は違うが、やはり自分の目で現場の様子を確認したうえで話を聞いたほうが、理解しやすい。

それに、被害者がどこでどのようにして殺害されたのかを知れば、犯人の動きが見えてくる。

その結果、誰を最初に狙ったか、犯人の本当の目的は何かもはっきりしてくる。海棠はそう思っていたのだ。

奈津名が気乗りしないように眉を顰めた。

「たぶん事件現場はそのままの状態で保存されている。どす黒く変色した血もまだそのままになっている。それを見るのが恐ろしいんだろ」

海棠がわざと言った。

「恐くなんかありません。ただ……」

奈津名がすぐ反発した。

自身の胸の内を見透かされたような気はしていたが、それを素直に認めるわけにはいかなかった。

「ただ、なんだ」

海棠が言葉尻を捉えてさらに突っ込んだ。

「現場がどうなっているのか考えていただけです……」

奈津名が精一杯虚勢を張って、咄嗟にその場を繕った。

殺人現場へ足を踏み入れると、嫌な死臭を思い出すので行きたくありませんとは、口が裂けても言えなかった。

「奈津名、俺たちは情報収集が主な仕事だ。だから捜査一課の刑事のように死体を見る機会は少ない。しかし人に会って話の中から情報を取ってくるだけではない。時には死体や現場の状況を見ることによって情報を探り出すこともあるんだ。そうじゃないか?」

海棠が強がっている奈津名に言って聞かせた。

「………」

奈津名は、さすがに反発できなかった。海棠の言っていることはもっともだった。

公安課という特殊な部署にいれば、爆破テロで殺されたとか、日頃から目を付けていた対象者が殺されたり、あるいは事故に遭って死亡したとか、特異なケース以外まず死体と対面することはない。

しかし、そんな特異な状況というのは滅多にあるものではない。日常は協力者と会って情報を取っているとか、対象者の尾行、張り込みにほとんど時間を割いている。

死体からテロに対する情報を得ることなど、あまり考えたことはなかったのだ。

「テロ組織の人間は、それなりに訓練を受けている。それに、行動に移すときはそれぞれきちっとした役割を分担して動いている。明らかに素人と違う動き方、殺し方をしているはずだ」

「………」

「被害者の家に、どのような方法を用いて押し入ったか。あるいは足紋とか靴の痕跡などが残っていれば、そこからいろいろなことが推測できる。たとえば侵入口から戸惑わずに寝室に直行していれば、事前に家の間取りを調べていたと考えられる」

「はい……」

「また殺害と誘拐を事前に計画していたのであれば、当然家族関係も調べているだろうから、誘拐をする者と殺害する者、そして見張り役など、きっちりと役割を決めて、できるだけ短時間で犯行を終わらせようとするはずだ」

「………」

「犯行手口や、犯人たちの動きを把握することはもちろんだが、銃を撃ったときの犯人の位置や部屋の中の様子や状況によっても、いろいろなことがわかる。それに加えて、検死の結果や解剖の結果、犯行現場に遺留されている弾丸から、銃の種類や、製造した国が特定できる。そうしたものを総合的に検討し判断することでおのずと犯人像が摑めてくる」

「そのとおりです。わかりました……」

奈津名は素直に頷いた。

さすがに警部補は落ち着いている。それに比べ、私はどこか気持ちの中で死体を恐れていたところがある。

ひとたびテロが起きれば、何十人、何百人、何千人もの人が殺され、死体の山が築かれるかもしれない。そのことを考えれば、死臭が嫌だとか言ってはいられない。しっかりしなきゃ。

奈津名は、自分で自分を叱咤(しった)していた。

5

海棠は、黄色いビニールテープが張りめぐらされている大きな家の前で車を停めた。

屋敷の外では、制服の警察官が険しい表情をして、あちこちに立って見張りを続けていた。

まだ捜査一課の刑事と鑑識課員が屋内の調べを続けているのだろう、建物の外まで出て、遺留品や足跡など証拠を探していた。

車から降りた海棠と奈津名は、門柱にはめ込まれている『長谷川』と彫られた表札を見ながら、現場保存をしている制服の警察官に警視庁から来たことを告げ、身分証明書である警察手帳を示し、了解を得て屋敷の中に入った。

捜査に従事していた捜査一課の警部補にも、事件現場に来た理由を簡単に説明して捜査に加えてもらった。

「遠いところ、ご苦労さまです。被害者は三人で、長谷川市長さんの奥様の静さんと息子さん夫婦で、お孫さんは二人とも無傷でした」

警部補が被害者のことから話し始めた。

「お孫さんだけでも助かって本当によかったですね……」

奈津名は雄太の顔を思い出しながら心底からそう思った。

親が殺されたことで、子供はこれから何十年もその事実を背負い、生きていかなければならない。その苦しみは想像を絶するものがあるだろう。

しかし、まだお祖父ちゃんである市長は殺されたわけではない。残された子供のためにも、なんとか市長の行方を捜し出し、無事に救出して返してやらなければ。

奈津名は子供のことを考えると胸が痛んだ。

「市長が無事であることを祈るしかありません。海棠さん、息子の準さんと妻の紗世さんはこの階段の下で亡くなっていました」

玄関先で立ち止まった警部補が、階段の下を指差した。

そこにはまだ黒く変色した血糊がべったりと付着していた。頭部と胸を撃たれたとき飛散したのだろう、階段や壁にも叩きつけたような血の痕がついていた。

「階段の上の壁に多く血痕が付着していますし、階段にも血がついているということは、銃で撃たれたあと階段から転げ落ちたということですか……」

海棠は飛び散った血と階段の滑り止めの部分に擦りつけたような血痕、そして階段の下にある血溜りに目を移しながら確認した。

「遺体の検死と解剖の結果わかったことですが、殺された若夫婦を撃ち抜いていた弾痕は、胸から斜め上に向け背中を貫通していました。このことから階下の騒ぎに気付いた若夫婦が寝室から出て階段を降りようとした。そのとき犯人が下から銃撃したと考えられます」

「そうすると、市長夫婦が先に襲われたということになりますね……」

海棠が言う。

二人の話を聞きながら、まだ生々しく残っている血痕を見ていた奈津名は、貧血を起こしそうなほど血の気を失い、全身を鳥肌立たせていた。

「これまでの捜査から犯行は深夜、午前一時頃と思われます。隣の家の若い者が、車が急発進するときのタイヤの摩擦音を聞いています」

「なるほど……」

「都会の人と違って、この辺りの人の就寝は早いんです。もちろんそれぞれの家庭によって就寝時間に差はあるとおもいますが、午前一時といえばぐっすり寝入っている時間帯。しかも犯行当日はかなり激しい雨が降っていましたし、かなり強い風も吹いていました」

「そうですか……」

「トイレは二階にもありますし、深夜、若夫婦が寝巻き姿のまま階下に降りようとしたこと自体不自然です。階下で不審な音がしたとか、悲鳴が聞こえた。それで様子を見るために寝室を出て階段へ出たところ、いきなり銃撃されたと見るのが自然です」

警部補の言葉は確信に満ちていた。

「たしかにそうですね……」

海棠も頷いた。

たしかに深夜トイレのために起きることはあるだろう。しかし、夫婦が揃ってトイレに行こうとして、寝室から出てきたところを、たまたま屋内に侵入していた犯人たちに見つかって射殺された、とは考えにくい。

やはり警部補の言うとおり、犯行に気付いて寝室を出たために殺されたと考えるのが自然だ——海棠は、警部補の説明に納得した。

「警部補、姿を消している市長が何らかの理由で家族を殺害し、逃亡をしたという可能性は考えられないでしょうか……」

奈津名は緊張しながらも、あえて確認してみた。

「それは絶対にあり得ない。たしかに息子夫婦と同居していたが、これまで家族の間で揉めたとか、争い事があったというようなことは聞いてない。近所の者や議会関係者、役所の職員など、市長と市長の家族を知る者に話を聞いてもトラブルの原因はまったく見当らない。むしろ他人が羨むような仲のいい家族だということは誰もが認めるところだ」

警部補がきっぱりと言い切った。

「そうですか……」

奈津名は硬い表情をして頷いた。

「それから市長夫婦が休んでいた居間の前の廊下と、階段の下の廊下をよく見てもらえばわかるが、血の付いた靴底の痕跡が確認できる。それも靴のサイズがそれぞれ違う三種類の痕跡だ。靴のサイズから考えるとすべて犯人は男と推定される」

警部補がさらに市長の犯行ではないという理由を、不鮮明だが廊下に残されている靴痕を指差しながら説明した。

「犯人は男の三人組ですか……」

奈津名が気持ちを取り直して、聞いたことをメモに執った。

「警部補、第一発見者は誰ですか」

「隣の家のお爺さんと息子さんです。この現場から隣家までは見てのとおり三十メートルはありますが、四歳になる被害者の息子が泣きながら戸を叩いて知らせたそうです。たぶん子供は倒れている父親か母親の体に触れたのでしょう。服と手にべっとりと血が付いていた。それで異常に気付いて家へ行き、遺体を発見して警察へ通報したというわけです――」

警部補が掻い摘まんで遺体発見に至るまでの経過を説明した。

「そのときの時間は？」

「午前一時半すぎだそうです。急発進する車の音を聞いてから、二、三十分くらいあとだったと証言しています」

「もう一度確認させてほしいのですが、被害者はどれくらい銃弾を撃ち込まれていたんですか――」

海棠が、靴を脱いで上がりながら聞いた。

「市長の奥さんは頭部に一発。後頭部を至近距離から撃ち抜かれていました。それから息子の準さんは頭部に二発と胸に二発、奥さんは頭部と胸にそれぞれ一発ずつ。犯人は二階から転げ落ちた若夫婦の止めを刺すために頭部を撃ち抜いた、そんな状況でしたね」

「全部で七発ですか……で、それだけ発砲しているのに、近所の人は誰も銃声を聞いていないのですか」

海棠が険しい表情を見せて確認した。

「聞き込みから、銃声を聞いたという証言はまったく出てきていないですね」

警部補が答えた。

「銃声を聞いていないとなると、犯人は銃にサイレンサーを装着していた可能性がありますね」

初めからサイレンサーを装着していたこと、止めを刺すために頭部を撃ち抜いていたということから考えると、まったくの素人ではない。殺しのプロかどうかはわからないにしても、犯人はどこかで銃の訓練を受けていて、扱いにかなり慣れている。

俺も警察で拳銃の訓練は特別に受けてきた。そのとき教官から、相手を狙うときは頭部を狙えと教わった。

心臓を狙っても服の上からでは見えない。だから、一発で確実に命を取ることができない可能性もある。

だが頭部は、はっきり目視できるから的としては狙いやすい。しかも頭を撃ち抜けばまず相手は即死する。助かる可能性は限りなくゼロに近い。

犯人が止めを刺すために頭部を標的にしたのであれば、とても素人集団だとは考えにくい――。

海棠は犯行の手口から、背後に何らかの組織の存在を確信していた。もしかしたらテロリストではないだろうかと思っていた。

「捜査一課でもサイレンサーを使ったのではないかと考えています。たしかに犯行当日は強い雨が降っていましたし、かなり風が吹いていました。その雨音と風音で銃声が掻き消されたとも考えられますが、車が急発進したとき音が聞こえたとすると、銃声がまったく聞こえないというのは矛盾します」

警部補が海棠の意見に同調し、捜査一課としての見方も同じであることを告げながら、二人を市長夫婦が寝ていた居間に案内した。

「まだ断定はできないにしても、サイレンサー付きの銃を事前に用意して市長の家へ押し込み、市長を誘拐したとしたら計画的な犯行と見るべきですね」

海棠は話しながら部屋に足を踏み込んだ。

すでに証拠品として持ち出されていたため、部屋の中に布団はなかった。が、畳の上にもおびただしい血痕が飛散していた。

海棠の後ろから恐る恐る部屋に入った奈津名は緊張しっ放しだった。

本音としては、今自分がいる犯行場所から、すぐにでも逃げ出したいような衝動にかられていた。

足は重い。全身から血の気が引いてゆく、そんな感じがしていた。

射殺されたところを直接見たわけではないが、銃で撃たれた瞬間、真っ赤な血が飛び散り、布団の上に倒れこんだ市長の妻の姿が鮮明に脳裏に浮かんできて、奈津名は体を硬直させていた。

「殺害の手口や、逃走するまでの行動は実に鮮やかです。それに、今のところ他の被害は確認されていません。そのことから考えても、犯人の目的は市長の誘拐にあったと考えていいでしょう。少なくとも私はそう判断しています」

警部補が自分の考えを交えて、率直に話した。

「わかりました。それじゃちょっと二階を見せてもらってもいいですか――」

海棠が青ざめている奈津名を見て、再度部屋の中を見回し、二階へ移動した。

6

屋内を見終わった海棠と奈津名は警部補とともに外へ出た。そして玄関先で立ち止まり、警部補からさらに説明を受けた。

「海棠警部補、ここを見てください。引き違い戸の鍵が銃で撃ち壊されています。侵入口はこの玄関に間違いありません……」

「なるほど――」

海棠と奈津名が壊れた鍵穴に目を凝らした。

たしかに警部補の言うとおり、鍵は完全に破壊されている。

「警部補、銃弾は何発撃ち込まれているんですかね……」

壊れた鍵の部分をじっと見つめながら、海棠は確認した。

「鑑識の調べではサッシについた銃痕(じゅうこん)から二発だと断定しています」

警部補が答える。

「二発ですか……」

海棠が頷いて考え込んだ。

事件当日の気象条件からすると、屋内の銃声が遠くまで届かなかった可能性もある。しかし、この辺りの民家は夜十時すぎには就寝するという。犯行時刻が午前一時頃であれば現場周辺は静まり返っているはず。

そんな状況のもとであれば、たとえ雨が降り、強い風が吹いていても、サイレンサーを装着していなければ、隣家に銃声が聞こえる可能性は十分ある。

ほとんど交通が途絶えている深夜、この環境であれば聞こえてくるのは虫の音か蛙の啼き声くらいだ。

そんな静寂な環境の中で日頃聞いたことのない、銃の乾いた炸裂音が響けば、不審に思うだろうし、誰かが必ず異常に気付くはずだ。

だが捜査一課の刑事たちが隈なく聞き込みをしても、銃声を聞いた者がいないとしたら、やはり犯人は拳銃にサイレンサーを装着していたと考えるしかない。

海棠は、犯人は荒っぽいやり方をしているが、かなり銃を扱い慣れている者だと改めて確信していた。

「普通、物盗りか単純な金目当ての強盗であれば、銃で玄関の鍵を壊すようなことはしないと思うんです。過去の経験からしても、侵入盗の場合は窓ガラスを割るとか鍵を探して施錠を外すとか、そんな手口を使うのがほとんどです」

「ええ」

「最近各地で起きている外国人犯罪のように、ピッキングとかバールを使って強引に鍵を壊して侵入するといった手口とは、明らかに違います」

「そうですね……」

海棠が壊れた鍵の位置を確認して頷いた。「銃を使って鍵を壊すという手口は、私自身在職三十年の刑事生活の中で一度も経験したことはありません。それを踏まえて考えてみても、今度の犯人なり、犯行グループは、いままでの窃盗団や強盗のたぐいとはまったく異なります。やはり、初めから市長を狙った犯行と考えるしかないと思うんです」

警部補が厳しい表情をしたまま説明した。

「たしかに犯人の目的は市長を拉致することにあったんでしょうね……ところで警部補、市長と政治的に対立していた者はいないですか。個人でも組織でもいいのですが」

海棠がさらに話の矛先を変えて確認した。

「対立していた者ですか……そうですね、この柏崎はご存じのように原子力発電所があります。その反対派とは当然対立していました。しかし、特に殺したいほど憎んでいたとは考えられないですね」

「原発の反対派とのトラブルなどはなかったですか」

「市長の考え方は、現段階で原発は必要だということですので、反対派から見ると面白くないことは事実でしょう。しかし個人的にトラブルを起こしたというようなことは聞いていませんね」

「そうですか……で、原発反対派のリーダーの名前などはわかりますか」

海棠がさらに突っ込んで聞いた。

「そこまで記憶していません。詳しいことはわかりませんが、たしか市民ネットワーク『草の根みどりの会』という団体が活発な反対運動をしているようです」

「『草の根みどりの会』ですね」

海棠が念を押した。

その横で奈津名は話を漏らさずメモに執っていた。

「ええ」

警部補は大きく頭を縦に振って応えた。

具体的に『草の根みどりの会』という市民団体がどのような活動をしていたか、どういう性格の団体かなどについては、柏崎西警察署の警備課へ行って聞けば、詳しい内容は把握できる。頷いた警部補の様子を見た海棠は、そう思いながら、さらに質問を続けた。

「市長はどんな政策を掲げていたか、参考までに教えてもらえないですか」

「市長は、自治体はいつまでも国から補助を受けていては駄目だ。自ら財源を造り出すような産業を育てなければならない。自治体を活性化させるためには、その地方の特色に合った、独自の産業を育成するというのが持論でした」

「具体的な事業計画はあったんですかね」

「新潟県というところは昔から石油が産出されているんです。もちろん産出量は微々たるものですが、その石油を利用して何か全国的に認知される加工品とか、産業をつくりたいと考えていたようです」

「特産品、ですか……」

海棠も、黙って話を聞いていた奈津名も、なるほどというふうに頭を小さく振った。

奈津名は事件現場から外へ出て、新鮮な空気を吸ったからか、多少落ち着きを取り戻していた。心なし顔色が元に戻っていた。

「原発だけに頼るわけにはいかない。市長はそう考えていたのではないですかね。もちろん原発があるということで、市にはそれなりの税金が入ってくるし、国の補助金もあって、たしかに市としては潤う部分はあると思います」

「…………」

「しかし市長はそれ以上に新しい産業を興さなければと考えていたようです」

「なるほど、石油を利用した新しい産業をですか……で、そんな市長の考え方について、『草の根みどりの会』は何か特別な反発は見せていませんでしたか」

海棠が改めて聞き返した。

「あの組織は何でも反対しますからね。石油産業を発展させれば、当然自然環境が破壊されるといって反対していると聞いています」

「そうですか……ところで殺された息子さんの職業はわかりますか」

海棠が警部補の言葉を聞いて、また話を変えた。

「息子さんの準さんは、大学の助教授をしていたようです」

「大学の助教授？　父親の秘書でもしているのかと思っていましたが、そうじゃないんですか」

海棠と奈津名は意外に思った。

「聞くところによると、政治にはまったく興味がなかった。いや政治そのものが嫌いだったそうです」

「………」

「市長としては自分の後を継いでもらいたいと思っていたようですが、息子の準さんは学者肌で、人前に出て何かをするというより、地道に研究するといったタイプで、市長とはまったく性格が違っていたようですね」

これまでに調べたことを話しながら、警部補は政治家になるより学者のほうがよほど賢明だと思っていた。

「出身大学はどこなんですか？」

「静岡大学だと聞いています」

「静岡大学ですか。それで専攻はなんだったんですか？」

「生物工学だそうです」

「生物工学？　どういう内容の学問ですか――」

海棠が首を傾げて聞き返した。

「私たちも難しくてよくは理解できないところもあるのですが、なんでも微生物とか細菌の研究をしていたみたいですね。ただ市長が石油の加工製品を市の活性化の目玉として掲げたのは、多分に息子さんの影響があった。そういう話があったことも事実です」

警部補は、市長が息子の意見を取り入れて、政策に反映していたらしいことを説明した。

「その市長の政策は議会から支持されていたのでしょうか。また、反対する議員はいなかったんですかね」

克明にメモし続けていた。

「特に反対はなかったようです。ただ『草の根みどりの会』と接点のある革新政党の中には、さっきも話したとおり環境を破壊するという理由から、反対はあったみたいですが、それはほんの一握りの議員で、大勢はほぼ市長の政策に賛成だったと聞いています」

警部補はすべてを否定しなかった。

「その程度の反対があるのは当然ですね。で、話は変わりますが、息子さんは地元の出身ですよね。準さんの親友は近くにいないでしょうか」

海棠が頷きながらさらに質問を重ねた。

「息子さんの親友ですか。今、その辺のところは捜査中です」

「それじゃ奥さんのことについてですが、出身校や出身地、結婚に至った経緯などはわからないですか」

「息子さんと奥さんの紗世さんは、同じ大学を出ています。出身は東京、歳は三十四歳で大学の同級生らしいのですが、結婚の経緯まではまだわかっていません」

「東京出身で同じ大学を出ているんですか……それで、奥さんに男関係があったとか、他人とトラブルを起こしていたようなことはありませんか」

海棠は二人が大学で知り合い、結婚したのではないかと思いながら、確認してみた。

「これまでの聞き込みからは、奥さんにも息子さんにも浮いた噂はまったく出てきていません。それに夫婦の悪口を言う者はほとんどいない。奥さんは今主婦として家庭に入っていますが、近所付き合いも積極的にしていたようですし、なかなか評判がいいですね。おとなしいご主人から比べると、奥さんのほうが少し勝気な性格みたいですが、それがかえって夫婦仲をよくしていたようですね」

「トラブルを起こすような人ではないということですか――」

「奥さんは都会人だし、主人が大学の助教授という家庭環境にあるのに、まったくそんな素振りは見せない。東京から見ればこの柏崎は田舎ですが、よく地域に溶け込んでいる。

皆さんからよく慕われていたのは間違いないですね。頭の良い女性です」

「そうですか……ところで市長の後援会長はご存知ですか」

海棠が質問を続けた。

「住所は今覚えていませんが、この柏崎で建築土木の会社を経営している原口武という社長が後援会長です。市長とは小学校時代の同級生、幼馴染みで市長が初めて市議に立候補したときから応援していると聞いていますが」

「わかりました。いろいろありがとうございました。それじゃ私たちは、これから柏崎西署へ行かなければなりませんので、これで失礼します――」

海棠が腕時計を見て時間を確認した。そして礼を言ったあと、メモを執っていた奈津名に頷きかけた。

7

海棠と奈津名が柏崎西警察署の警備課を訪ねたときは午後四時半を過ぎていた。警視庁の公安課から事前に連絡を入れていたこともあって、警部と公安担当の者が待っていた。

挨拶を済ませた海棠と奈津名は、担当者が警部の傍らに用意した椅子に腰を下ろした。

「疲れたでしょう」

警部が眼鏡の奥から細い目を向けて言う。

「いえ、大丈夫です。それより警部、今ここにくる前、事件現場を見せてもらいました。大変な事件が起きたものですね」

海棠が硬い表情で事件のことを口にした。

「現場を見てくれましたか。こんな田舎でいっぺんに三人も殺害され、市長までもが誘拐されるという重大な事件が起きるとは、誰も予測できなかった。それだけに、われわれもそうだが、市民は強い衝撃を受けている——」

警部が話しながら表情を曇らせ、黙って話を聞いている奈津名にちらっと視線を移した。

「わかります……ところで警部、この事件をどう思いますか。たんなる強盗殺人、誘拐事件と思われますか」

海棠があえて意見を聞いた。

刑事課の見方、判断と、テロリストや極左勢力などの犯罪を担当している警備課では、当然事件の捉え方が違う。海棠はそこのところを確認したかった。

「これは私個人の考えだが、たんなる強盗殺人、誘拐事件とは考えにくい。これほど残虐な殺し方をしてまで市長を誘拐したということの背景には、政治的な思惑があるとしか考えられない」

警部が厳しい口調で答えた。

「政治的な思惑といいますと？　何か市長に対してこれまで脅しとか嫌がらせとか、政治姿勢に反対する勢力の特異な動きが見られたということですか」

「具体的に何があったというわけではないが、市長個人、あるいは家族に対する個人的な恨みが犯行の動機であれば、わざわざ市長だけを誘拐する必要はない。その場で射殺すれば済むことだ」

「ええ……」

「かりに犯人側の目的が身代金にあるとしたら、家族を惨殺したこと自体、矛盾が生じる」

「たしかに、家族を殺せば身代金は取れないですからね……」

横で話を聞いている奈津名は、何度も頷きながら、その一方で別なことも考えていた。

市長や家族に対する個人的な恨みでもなく、身代金を取る目的でもないとすると、やはり犯人は市長を拉致することが目的だったと考えるしかない。でも、その目的とは一体なんだろう——奈津名はそう思いながら話に耳を傾けていた。

「刑事課の聞き込みでも、特に市長や家族を殺したいほど恨んでいる者は、まだ出てきていない。それに犯行声明や身代金の要求もない。現在までのところ、犯人が何を考えているのか、何を目的にしているのかわからないというのが正直なところだ」

警部が話しながら悔しそうに唇を噛んだ。

「そうですか……それで警部、犯行に使われた拳銃について、何か特徴的なことは出てきていませんか」

海棠が話の矛先を変えて確認した。

「今、鑑識のほうで銃の特定を急いでいるところだが、まだはっきりしたことは判明していない。ただ鑑識からの報告では、事件現場には異なる二種類の薬莢が落ちていたらしい。玄関先に落ちていた二つの薬莢、市長夫婦の寝室に落ちていた一発、そして廊下に落ちていた六つの薬莢、合計九つの薬莢が発見されている。さらに玄関先に落ちていた薬莢と廊下に落ちていた薬莢は、ほぼ同じと断定されている」

「銃が二挺使われているのですか……ということは、犯人は二人と見ていいのですね

――」

いままで口を挟まなかった奈津名が、メモを執りながら確認した。

「銃の数と犯人の人数が必ずしも同じだとは言えない。現場に残されていた靴の足跡から捜査一課では犯人は三人と見ているのは間違いない」

「わかりました」

奈津名が返事をして、またメモを執った。

「警部、話は変わりますが『草の根みどりの会』という市民ネットワークが積極的に原発の反対運動をしているそうですが、その組織と原発容認派の市長との関係といいますか、過去にトラブルを起こしたようなことはなかったのですか」

海棠は、拳銃の種類の特定や出所については、捜査一課の調べを待つしかないと思い、本来の仕事に話を戻した。

「たしかに『草の根みどりの会』という市民ネットワークが、原発反対を掲げて再三市長に対して抗議行動を起こしている。しかし、特に刑事事件になるようなトラブルは起こしていない」

「そうですか……で、その組織の実態についてですが、誰が組織をまとめているのですか？」

海棠が具体的に聞いた。

「河本君、資料を持ってきてくれ――」

警部が同席していた課員に指示した。

「はい」

河本が返事をして立ち上がった。

「今、詳しい資料を出すが、『草の根みどりの会』の代表者は大塚啓一という四十八歳の男だ。もともとこの柏崎で生まれ、実家で両親と一緒に暮らしていたが、五年前にその両親が相次いで他界し、本人は独りで暮らしている。大学時代から市民運動に没頭し、大学を卒業したあとは、ＮＧＯなどで活動していたようだが、現在はこの柏崎を拠点に動いている」

警部が代表者の経歴について話し始めたとき、河本が厳重に管理している保管庫から持ち出してきたファイルを手渡した。

「そうしますと警部、その大塚啓一は今『草の根みどりの会』に専従しているのですね」

奈津名が確認した。

「うん。会の事務所は柏崎市の幸町というところにあり、ビルの一室を借りて使っている。事務所には大塚を含めて常時三人の職員が交替で詰めている。これが職員の名前と住所だ」

警部がファイルをめくり、そのファイルの天地を逆さまにして奈津名に見せた。

「拝見します……」

奈津名がちらっと海棠に視線を送り、頷くのを確認して机の上に置いてあるファイルを手元に引き寄せた。

そのファイルの中には『草の根みどりの会』の所在地、代表者名、専従職員の名、組織の活動内容、そして会の支援者の名前などが克明に書き込まれていた。

「警部、大塚啓一という人物はどんな性格でしょうか――」

海棠がメモを執っている奈津名を見ながら聞いた。

「そうですね、反権力の姿勢は徹底している。敵対する相手の言い分はまったく無視するが、自分たちの要求だけは声高に押し通そうとする。彼らに共通する自己中心的な性格に加えて、頭は良いが切れやすい。すぐ感情的になるようなところがある。しかも内部の者も本人が何を考えているのかわからないというようなところもあるらしい」

警部が説明した。

「陰湿な面も持っているということですか……」

「そのようだ。それに性格的にねばっこいというか、意見が合わないで自分が攻撃されたりすると、いつまでもそのことを忘れない。根に持つようなところもあるようだ」

「陰湿で、ねばく切れやすい性格ですか。だとすると原発や環境問題で主義主張の異なる市長に、よからぬ感情を抱いていたという可能性もありますね」

「たしかにその可能性は否定できない。われわれもその辺りの情報を集めているところだが、果たして家族を殺してまで市長を誘拐する理由があったかどうか、今のところ今回の事件と結びつく接点も確証もない。しかも事件当日のアリバイも確認されている」

警部が、事件の関わりを疑いながらも、一応は否定した。

「アリバイがあるのですか。それじゃ本人が直接事件と関わっていると考えるのは無理ですね。もっとも誰かに指示していたか、アリバイが崩れれば別ですが……」

海棠が眉を顰(ひそ)めて考え込んだ。

大塚という男は地元の出身。いくら自分たちと思想信条が対立している相手であっても、地元でこれほどの事件を起こすとは考えにくい。やはり俺の考えすぎなのかもしれない。

海棠は、この段階で何か繋がりがあるという先入観を抱くのは早すぎる、と思い直してさらに聞いた。

「警部、市長は最近原子力エネルギーに代わるエネルギーの開発に力を注いでいたと聞いたのですが、その辺のことはどうですか。原発の推進と代替エネルギーの開発というのは、一見矛盾しているように思いますが」

「市長は原発の推進派というより、容認派と言ったほうがいい。つまり、原発はすでに稼働しているし、これを中止させることはできない。警部補も知ってのとおり、新潟で作った電力は東京で使われているという現実があり、『草の根みどりの会』が言うように、原発を即時廃棄するのは無理だし、非現実的と言わざるを得ない」

「ええ……」

「そこで市長が目をつけたのは、代替エネルギーとしての石油だった。もちろん、原子力発電ほどの電力供給はできない。市長は現在稼働している原子力発電を容認しながら、石油を地場産業として発展させることはできないかと考え、取り組んでいた。それからすると、本質的に市長と『草の根みどりの会』などの組織が今の段階で殺し合うほど憎しみ、いがみ合っているとは思えない」

「警部、市長は石油でどのような地場産業を興そうとしていたのか、具体的にわかれば教えてもらいたいのですが」

海棠は、思想信条で対立している者の犯行を完全には否定できないが、他にも襲われ、拉致された原因があるのではないかと思い聞いてみた。

「まだその計画を全面的に表へ出しているわけではないので、具体的な詳しい内容まではわからないが、なんでも微生物を使って石油を作り出し、その石油を利用して、石油加工品を作り地場産業にしたい。そんな構想を持っていたそうだ」

「微生物で石油を作る？　そんなことが本当にできるのでしょうか……」

奈津名がメモを執る手を止めて、聞き返した。

「できるのは間違いないようだ。なんでもその微生物は石油を餌にしているらしい。ところがある特殊な環境下に置くと、今度は微生物が体内で石油を作り出すそうだ。科学的なメカニズムはわれわれにはわからないが、市長がその微生物を利用しようとしていたことだけは確かだ」

警部が首を傾げながら説明した。

「その微生物のことを持ち込んだのが、殺された息子さんだったということですか。たしか息子さんは静岡大学の助教授で、生物工学を選考していたと聞いているのですが、その辺りのことで、何か事件に関連するようなことについての聞き込みなどはありませんか」

海棠が話をさらに進めて確認した。

難しいことはわからないが、微生物を使って石油を作り出す研究が実用化されるところまで行っていれば、その権利をめぐり、研究に携わっていた者が争い事を起こしていたかもしれない。

海棠は、原因は息子にあるのではないかとふと思った。

「殺された息子さんや奥さんの交友関係を捜査一課で当たっているようだが、特に事件との関係は出てきていない」

「そうですか……」

海棠は警部の言葉を聞いて、また考え込んだ。

まだ事件が起きて間がない。捜査はこれからだが、無駄になっても一度静岡大学へ行って長谷川準のことを詳しく調べてみる必要がある。

「あのう、この資料の中に栗原政輝という男性の名があるのですが、代表者の大塚啓一とどういう間柄にあるのでしょうか……」

海棠に代わり、奈津名が同席していた河本に質問した。

「栗原ですか、栗原は東京で『共学舎』という出版社を経営していると聞いています。『草の根みどりの会』の支援者で、会の発行する機関紙やビラ関係、その他原発についての本や写真集など、特殊な書籍を発刊しているようです」

河本が奈津名の問いに、資料も見ずに答えた。

「『共学舎』のある場所は、東京の水道橋に間違いありませんか。いまでもこの出版社は存在しているのですね」

「出版社が潰れたという話は聞いていませんので、経営は続けていると思います」

「ここに顔写真がありますが、この男性に間違いないですね」

奈津名が大塚の顔写真と栗原の写真を交互に見つめながら念押しした。

「間違いありません」

河本が大きく頷いた。

「警部、恐れ入りますが、この顔写真をコピーしてもらうわけにはいかないでしょうか
……」

奈津名が頼んだ。

「いいですよ。河本、カラーコピーしてやってくれ。ついでに大塚の写真も――」

警部が、奈津名の頼みを快く受け入れ、河本に指示した。

第二章　爆破

1

あと五分、これから面白くなる――。

爆破の瞬間、慌てふためく男女の姿を思い描きながら、腕時計で時間を確認した男が、薄く口元を綻(ほころ)ばせた。

七月十七日午後五時四十九分。東京の六本木にあるテレビ局では、夕方のニュースが始まろうとしていた。

ニューススタジオでは男女のアナウンサーが所定の位置に着席し、カウンターの上に置いてある原稿に目を通していた。

スタジオの慌ただしい空気が一変する。放映の時間が刻一刻と近づくにつれて、張り詰めている緊張感が大勢のスタッフの間に広がった。

四十代そこそこの男はそのスタッフの中にいた。

男女のアナウンサーから見て正面にはカメラが据えられ、モニターの画面が向けられている。

そのカメラの横でプロデューサーが時計を見つめながら、さらに緊張の度を増していた。

カウンターの内側には、女性アナウンサーを美しく見せるための光源が設置されている。顔の下から白色の光線が当てられ、まさに緊張の一瞬を迎えようとしていた。

男はそんな様子にじっと目を凝らしながら、あれこれ考えていた。

このところ明るいニュースはほとんどない。政治家や秘書による業者との癒着や、外国に対する不必要なODAの資金援助に絡む詐欺。大使館員の税金使い込みなど、公務員の金絡みの犯罪があとを断たない。

庶民は景気の低迷から、ぎりぎりのところまで生活を切り詰め、我慢し、耐えているというのに、官僚や政治家は、税金を自分のものとでも思っているのか、使いたい放題使っている。

官僚や政治家のだらしなさが外交にも影響し、国益を害している。難民問題にしても、中国の日本領事館に駆け込んだ北朝鮮の家族の問題にしても、すべての処理が後手、後手にまわっている。

金には執着するが、責任は取らない。そんな官僚や政治家など、ぶっ潰せばすっきりする。

金銭感覚のない身勝手な官僚や政治家が、俺たちの税金を無駄に使い、平気で懐に入れているのも気に入らない。だったら俺たちだけが何も我慢する必要はない。

もっとも俺は正義のためとか、世の中のために政治家や官僚を批判しているのではない。理屈より金、余分な金を手にしようとは思わないが、金がなければ生活ができないことも事実だ。

他人のことなどどうでもいい。俺はもうすぐリストラでこのテレビ局を去る。まったく落ち度のないこの俺の首を切るんだ。許せない。

会社は平気で社員の首を切るが、それは、俺たちに死ねと宣言しているのと同じだ。

死刑を宣告されて、はいわかりましたと言って死ぬ者がどこにいる。俺が殺されるのであれば、その前に相手を殺すしか、自分の身を守るすべはない。

他人はどう考えるか知らないが、俺は黙って引き下がるほど馬鹿でもないし、お人よしでもない。

もうこのテレビ局に未練はない。いつでも辞めてやるが、俺に対する会社側の仕打ちについては、きっちりと責任を取らせてやる。

そのついでに政府や東京都、警察などを大混乱に陥れ、慌てふためくのを見るのも面白い。

まさかここにいる俺が事件を起こすとは誰も思っていないだろう。いまに見ているがいい。信じられないような騒ぎを起こしてやる。あとは、金を掴み、海外へでも行ってゆっくり楽しめばいい。

プラスチック爆弾・C4の威力がどれほどのものか、ほとんど知識のなかった男は、ズボンのポケットに手を突っ込み、どきどきしながら時間の経過を待った。

手にはしっかりリモコンのスイッチを握り締めていた。その手が緊張からか、じっとりと汗ばんでいた。

プラスチック爆弾は威力を調節してくれているらしい。部屋の隅に移動していれば、俺自身は命を落とすことはないだろう。

アナウンサーや、すぐ近くにいる者には悪いが、ここで命を落としても、俺の知ったことではない。運が悪かったと諦めてもらうしかない。

この時間帯のニュースは大勢の者が見ている。だからこのスタジオを爆発させれば、ほんの一瞬でも確実にカメラが捉え、一般家庭のテレビ画面にリアルタイムで映し出される。

そうなれば間違いなく世間の目を引きつけることができる――。

それが俺たちの狙いだ――男は思いながら、ディレクターの背後に移動し、緊張の中で息を凝らした。

「それじゃいきます。十、九、八、七……」

ディレクターが声を出してカウントダウンを始めた。

その声を聞いてアナウンサーが姿勢を正し座り直した。

毎日のことで慣れているとはいえ、やはりカウントダウンが始まると緊張するらしい。

男もその声を聞きながら、握り締めているリモコンを再度強く握り直した。

カウントダウンして四まで数えたディレクターがそこで声を止め、高く挙げた右手の指を、三、二、一と折った。

男のアナウンサーがカウンターの上に置いてある原稿を見て、

「それでは最初のニュース。本日午後四時三十分すぎ、東京地検特捜部はダム建設に絡む公共工事の受注に関連して贈収賄事件で衆議院議員の……」

とトップニュースを読み始めた。

五秒、十秒——たんたんとした口調でニュースが流されてゆく。男は左の手首にはめた腕時計で時間を確認した。

わずか何秒、何十秒の時の流れが長く感じられていた。

五時五十四分からのニュースを読みはじめてまだ一分も経っていなかった。

時間は確実に一秒ずつ過ぎてゆく。スタッフのほとんどが原稿を読んでいるアナウンサーに注目していた。

その中で男から女のアナウンサーに原稿の読み手が代わった。

同時に男が他のスタッフに気付かれないようにゆっくりと移動した。

できるだけ冷静に振る舞おうとしていたが、やはり時間の経過とともに体は無意識のうちに硬く強張っていた。

行動の予定時間まであと一分。

アメリカのテロによるツインタワー爆破事件で世界があれだけ震え上がった。あの映像はこの日本でもテレビで繰り返し放映され、頭の中に残っている。

だが、平和ボケした日本人は、この日本でそんなテロ事件が起きるという危機意識は全然持っていない。

俺が働いているこのテレビ局でさえ、まったく無防備だ。テロそのものに対する危機意識など微塵（みじん）も感じられない。

だが、そんな危機感のなさを、今ここで思い知ることになる。このスタジオはもちろんだが、他の場所でも同じことが同時に起きることを俺たち以外誰も気付いていない。

俺たち一人ひとりの力は微々たるものだが、その小さな力を結集させれば想像もできないほど大きな力になる。

そのことを世間の奴らに思い知らせてやる。そのときの慌てる様子を俺自身の目で確かめるのも面白い。

男は腹の中でほくそ笑みながら改めて時間を確認した。

時刻はやがて午後六時になろうとしていた。

一秒また一秒と時が刻まれるのを見ている男の全身にさらなる緊張感が走る。

リモコンのスイッチに掛けている指先に力が入る。ズボンのポケットの中に入れている手が小刻みに震えていた。

六時ちょうどに俺たちは一斉に動く。爆破の瞬間を大勢の者が見ることになるんだ。

男は無意識のうちに興奮し、気持ちを昂ぶらせていた。

あと三秒、二秒、一秒――。

秒針がちょうど六時を指した瞬間、スイッチに掛けていた男の指先が動いた。

ドドーン……。

大音響がスタジオを揺るがし白い閃光が走る。

赤味の強いオレンジ色の光が一瞬広がった。と同時に、カウンターが粉々に砕け宙を舞った。

アナウンサーの男女が爆発で弾き飛ばされた。

手足が引き千切られ、ばらばらになった肉片と鮮血が飛び散った。

女子アナの頭部が、もうもうと立ち籠める土煙の中に転がる。

ものすごい爆風が、スタジオの中で働いていたスタッフの体を一瞬にしてなぎ倒し、猛然と出入口に襲いかかった。

誰一人として逃げる間はなかった。スイッチを押した男も例外ではなかった。

「キャー！　助けて――！」

壁が砕け瓦礫が四周に飛散する。その瞬間轟音をたてて天井が崩れ落ちた。

スタジオの中をさらに土煙が舞う。

騒然とした中、悲鳴と喚き声、そして苦しそうな呻き声が交錯する。

破壊されたコンクリートに挟まれ、押し潰された男女の血だらけになった肉体が、あちこちに転がっていた。

2

「なんだと!?　で、死傷者は――」

根岸はテレビ局が爆破されたとの一報を受け、顔色を変えた。

「現在のところ詳しい状況は把握できていませんが、かなりの人数が生き埋めになっているということです」

課員が真っ蒼な顔で説明した。その間も電話は鳴りっ放しだった。

「すぐ、皆に連絡を取れ。手分けして現場に急行させ、詳しい状況を把握させるんだ。それからテレビを用意しろ。残っている者は所轄署や消防などの情報を掻き集めるんだ。いいな」

根岸が強く指示した。

「はい」

返事をした課員が部屋を飛び出した。

「警部、地下鉄半蔵門線の永田町駅が爆破されました！」

電話を受けていた別の課員が、血相を変えて報告した。続いて、また別の課員が顔を引き攣らせて言う。

「警部、高速三号渋谷線と総武線の水道橋駅が爆破され、かなりの死傷者が出ている模様です」

「どういうことだ!!」

根岸が怒鳴った。

何が起きたのか理解できなかった。

一瞬、頭をよぎったのは、『燃える星』と名乗る男が民自党本部に掛けてきた電話のことだった。

金塗(かねまみ)れになっている政治を直ちに変えなければ、ごく近い将来、東京が死の海と化すという犯行予告を伝えてきた。

三日以内に世間を震撼(しんかん)させる事件を起こすと言ってきた。それがこのことだったのか。

根岸は続けて指示を出した。

「すぐ手分けして情報を集めろ!」

「わかりました」

課員が表情を強張らせて席へ戻った。その間にテレビが持ち込まれた。

机の上にテレビを備えつけ、プラグを差し込みスイッチを入れる。しばらくして黒い画面に映像が映った。

課員がチャンネルを変える。と、爆破された駅の構内が鮮明に映し出されていた。

「警部、この映像を見てください」

「…………」

画面に見入った根岸は一瞬言葉を失った。悲惨な状況が目に飛び込んできたのだ。

爆発の瞬間電車がホームに突っ込んできたのか、電車が滑り込んできたのを見計らって爆破させたのか、車両の前部は脱線し横転している。

車体がホームに激突したのだろう、反対側のホームが大きく抉られ破壊されていた。

「死傷者が増えそうだな……」

根岸が瞬きもしないで呟いた。

破壊されたホームで懸命に救出作業をしている消防のレスキュー隊と警察官の姿。そして血だらけになって呻いている男女を担架に乗せて運ぶ様子などが克明に映っていた。

「警部、これは予告してきた犯人が、実行に移したということですか」

課員が食い入るように画面を見つめながら言う。

「おそらく間違いないだろう――」

根岸が厳しい表情で眉間に深い縦皺を作った。

たしかに犯行予告はあった。しかし、政治と金の問題を改めよと言っても一日や二日で改められるものではない。

テロリストの要求を国会議員が受け入れて、それを法制化するなど手続き的に無理だし、不可能だ。

それくらいのことは、犯人側も当然わかっているはず。ところが、三日以内に皆が震撼するような事態が起きると予告した。

ということは政治の浄化が進もうと進むまいと関係なく、すでに水面下で爆破計画を入念に練っていたということになる。

根岸は、テレビ局と電車の駅、高速道路、地下鉄が同時に爆破されたことから、犯人は組織的に動いていると確信していた。

「通信施設と交通機関を襲う。これは、テロリストの常套手段です。具体的な目的はわかりませんが、まだテロ行為が続く可能性はありますね……」

「油断できん……」

相手が何のために、突然こんな事件を起こしたのか。そこのところがはっきりしていない以上、まだ事件が続発する可能性は否定できない。

根岸は画面を見つめたまま、犯人側の意図を懸命に探っていた。

テレビの画面が駅からテレビ局の内部に変わる。そこにも目を覆いたくなるような惨状が映し出されていた。

「警部、使われた爆発物はなんですかね。過去に過激派の連中が起こした事件とは明らかに手口が異なります」

使われた爆発物が、ニトログリセリンや、黒色火薬のようなものであれば、量によってはこの程度の破壊力はある。

しかし、その場合、かなり嵩ばるから人目につくはずだが――課員は爆発の威力が気になっていた。

「爆発物に何が使われたかは、鑑識の結果を待つしかないが、特殊な爆薬が使われたのは間違いない。過激派などがこれまで使ってきたリード線を使った爆発物が、スタジオ内に取り付けられているとか、駅構内に置かれていれば、そんな小さなものではないはずだから、誰かが気付くはずだ」

根岸が、鳴り続けている電話の音を耳で捕らえ、画面に目を凝らしたまま話した。

「警部、死傷者の人数がどんどん増えています。被害者は近くの病院へ次々に搬送されていますが、死者が五十二人、重軽傷者が二百人を超えています」

課員が各事件現場の死傷者を具体的に報告した。

「そんなに死者が出ているのか……」

根岸がさらに表情を強張らせた。

「まだすべてを掌握しきれていません。たぶん、まだまだ死傷者は増える状況にあります」

課員が声を震わせた。

「引き続き情報を集めろ！」

根岸が怒鳴るように言ったとき、机上の電話がけたたましく鳴った。素早く受話器を取って電話に出た。

「根岸だ」

――警部、海棠です。今、柏崎でテレビを見たんですが――。

「海棠か、予告どおり大変な事件が起きた」

――俺たちもこっちの捜査をいったん打ち切って戻りましょうか。

「いや、おまえたちは引き続き捜査を続けろ。考えたくはないが、まだどこで事件が起きるかわからん」

根岸が、海棠の言葉を遮って指示した。

――わかりました。それで、犯行声明は出たんですか。

「今のところ聞いていない」

――警部、爆発物はＣ４ですか。

海棠がプラスチック爆弾の名を口にした。

Ｃ４といわれるプラスチック爆弾の正式名称はコンポジション４という。全体がプラスチックで覆われているところから通称プラスチック爆弾といわれている。

高性能の爆薬に可塑剤を加えてあり、必要な量だけナイフで切り取って使用するが、粘土のようにどんな形にも成形できる。

ＴＮＴ火薬よりはるかに威力は大きいが、外部からの力で爆発することはない。爆破させるためには信管が絶対の必需品なのだ。

さらにこのＣ４は火の中に入れても絶対に爆発しないという特徴を持っている。戦場では兵士が固形燃料の代わりに使っていたという。それほど安全性も高い代物なのだ。だから、このＣ４を持ち歩いているだけではまったく危険性はない。それに量も嵩ばらないので発見されにくい。そんな特徴を持っているのだ。

「海棠、なぜＣ４だと思った」

根岸が逆に聞いた。

――テレビで喋っている負傷者のコメントを聞いてそう思ったんです。テレビ局で最初の爆破があったのは、ニュースキャスターが使っているカウンターだった。そんなところにダイナマイトやＴＮＴ火薬を仕掛けたらすぐ発見されます。しかしＣ４であれば、形も小さく白色で、無臭ですから、カウンターの下に貼りつければ、まず目につきません。

海棠が口早に自身の考えを話した。

「なるほど、考えられるな……」

――以前タイの航空機が爆破されたときは、わずか百グラムの米国製Ｃ４が使われたと聞いています。それから、一九八七年の大韓航空機爆破事件でも使用されたと記憶しています。

「うん……」

――警部、スタジオの中でＣ４が使われていたとしたら、死傷者の中に必ず信管を爆発させるためのリモコンを持った人間がいるはずです。その人間を探してみてくれませんか。

「わかった」

根岸が短く答える。

――それから警部、こんなときに申し訳ないのですが、一つ、早急に調べてもらえませんか。栗原政輝という四十歳の男が東京の千代田区三崎町三丁目のコーポ秀崎というマンションに住んでいるはずです。『共学舎』という出版社を経営しています。

海棠が話を変えた。

「その男がどうしたんだ――」

根岸が聞き返した。

――柏崎で『草の根みどりの会』という原発などの反対運動のリーダーをしている大塚啓一という四十八歳の男がいるのですが、その大塚と深い繋がりを持っているらしいんです。

「栗原政輝だな。わかった、調べさせる。で、市長の行方について何か手掛かりはあったか――」

根岸がテレビの画面を見つめながら冷静に聞いた。

――今のところありません。ただ、市長も家族も特に他人から憎まれるようなトラブルは起こしていないようです。あまり悪く言う者はいませんね。

「そうか……」

――ただですね、市長は原発の容認派だったようですが、新潟県はもともと石油が出ていたということもあって、代替エネルギーとして、その石油を使えないかと考えて研究させていたようです。

海棠が仕入れた情報を話した。

「石油で原発に代わるエネルギーを開発していた？　だとすると、反対派ばかりでなく原発推進派からもよく思われていない可能性もあるな。海棠、その辺のところを詳しく調べてみてくれ。それじゃ一旦電話を切る」

根岸が次々に入ってくる情報を聞きながら電話を切った。

3

「海棠警部補、東京で起きたテロ事件と柏崎市長の誘拐と何か関わりがあるのですか？」

柏崎西警察署の課員がハンドルを捌(さば)きながら聞いた。

警部の根岸と連絡を取ったあと、海棠は市長の後援会長と会うため、柏崎西警察署警備課の課員に案内され、奈津名と連れだって、村役場へ向かっていた。

「わからないというのが正直なところです。ただ『燃える星』と名乗る者から、民自党と本部の捜査一課に、世間を震撼させるような事件を起こす、東京を死の海と化すという電話が掛かった直後に柏崎市長が誘拐され、家族が惨殺された。それで、もしかしたらという懸念を抱いたものですから」

「そうでしたか……たしかに柏崎には原子力発電所もあります。それに刈羽の原発は、全国で三カ所、プルサーマル計画が国から許可されているうちの一つです。私たちも、突然家族があんな殺され方をして、市長が誘拐されたことと何か関連があるのではないか。そう考えていたんです……」

プルサーマル計画——原発の使用済核燃料を再処理してプルトニウムを取り出し、MOXというウランとプルトニウムの混合酸化物の燃料を作り出す。そして原発で燃やすという計画である。

「何か具体的な動きが見られたんですか?」

後部の座席に腰を下ろし、話を聞いていた奈津名が聞いた。

「具体的に何があったというわけではありませんが、今、プルサーマル計画が実施できるかどうかの瀬戸際にきています。地元では、そのプルサーマルの計画には住民投票で反対の意思を突き付けた。それで市長としても悩んでいたんです」

「悩んでいた? たしか市長は容認派だったんですよね」

「ええ、たしかに原子力発電については容認していました。しかし、プルサーマル計画自体には、どちらかと言いますと賛成していなかった。ですから国と電力会社、そして住民の意思との板挟みになっていたんです」

「それなら反対派住民から恨まれることはないですね……」

　奈津名が首を傾げた。

　既存の原発は直ちに廃止、廃棄することはできない。だから市長は推進するという積極的な姿勢ではなく、容認するといった消極的な姿勢を取るしかなかった。

　しかしプルサーマル計画はまだ実施していないし、計画そのものに消極的だったのであれば、反対派が家族を拉致する理由はなくなる。

　奈津名は、プルサーマル推進派が事件を起こした可能性も否定できないと考えていた。

「うちの警部から聞いたと思いますが、私の知る限り市長は政治家にしては温和で、クリーンな人です。他人から恨まれているとはどうしても思えません。それに息子の準さんをはじめ、家族の方も本当に良い人ばかりで、これまで悪い噂など聞いたことがありません」

　課員は、市長の家族が他人から恨まれて襲われる理由はないと話した。

「そうですか……ところで市長さんは、息子さんのアドバイスを受けて、この新潟から発掘される石油を利用して地場産業を興そうとしていたようですが、そのことで利益絡みのトラブルがあったとか、反対する者がいたとか、そんなことはありませんでしたか……」

奈津名が、助手席で難しい顔をして考え込んでいる海棠の横顔を見ながら聞いた。

「微生物を使って石油を作るという話ですね。たしかにそんな話はありますが、まだ具体的な話にはなっていません。第一、微生物で石油をどうして作るのか、どれくらいの量ができるのか、どのような使い方ができるのかなど、市民に情報が開示されていませんので、反対するもしないもないのが現実です」

「まだ具体化されていないのですか」

「たしかに微生物を使って市民の生活に役立つほど石油が生成されれば、こんなにすばらしいことはありません。でも正直なところ夢みたいな話ですし、実際開発にどれくらいの予算が必要なのかわかりません。そんなこともあって議会で具体的に審議されたこともないんです。一つの期待感が噂となって話を大きくしたことは事実ですが、最近では市長自身もそのことをあまり口にしなくなり、立ち消えのような状態になっていたというのが実情です」

課員も半信半疑だったのだろう、否定的な話し方をした。

「微生物で石油の生成ができるということ自体はどうなんですか？　本当にそんなことが

可能なんですか？」

奈津名が小さく頷きながらさらに聞いた。

「詳しいことはわかりません。理論上といいますか、研究の段階では可能だそうですが、実用化できるかどうかということになれば、話は別です。議会もそのことで動いている様子は見られません。市長がひとりの親として息子さんの研究を世に出したいからではないか。そんなうがった見方をしている市議がいることもたしかです」

「なるほど、その程度のことですか……」

奈津名は、微生物から石油を大量に作り出すことが本当にできたら、画期的なことだと思う一方で、ただ選挙目当てに話題を作ろうとしていたのではないかとも勘繰っていた。

「しかし、息子さんが市長にアドバイスをしたということは、ある程度研究に目途(めど)がたっていたからとは考えられないですか」

黙って二人の話を聞いていた海棠が口を挟んだ。

「市長の息子さんはたしかに真面目な方でした。研究熱心で大学での信望も厚いと聞いています。だから嘘を言っているとは考えられませんし、研究をしていたことも事実です。ただ、その研究成果を確認した地元の者は誰もいないんです。それで理論的には石油を作ることはできるとしても、本当は実用化は無理だったのではないか。実用化の目途はたっていないのではないか、そう言う人たちもいるんです」

「うがった見方かもしれないですが、市長は実際には実用化できないことを知っていながら、その微生物を選挙に利用しようとしていた。そんなことはないですか」

海棠はあえて聞いてみた。

「市長は次期選挙には出ないと言っていますから、選挙に利用することはないはずです」

課員がはっきり否定した。

「選挙に出ないんですか。では息子の長谷川準が父親に代わって選挙に立候補するような話は？」

海棠は、前に捜査一課の刑事に確認したことを、あらためて持ち出した。

「それはないでしょうね。息子さんは本当に学者肌で、政治にはまったく興味がないみたいでした。市長もそのことはわかっていたらしくて、政治家は自分一代で終わりだと周囲の者に言っていたようですから」

「そうですか……」

海棠が小さく頷きながら、眉を顰(ひそ)め考え込んだ。

政治に興味がなければ、権力抗争に巻き込まれたとは考えられない。それに市長も今期限りで政界を引退することがわかっているのであれば、政治の世界でのトラブルから恨まれ、拉致される理由は見当らない。

しかし、現実には市長が拉致され、家族が殺されている。これは一体どういうことなんだ。

市長を拉致したのはカモフラージュだとは考えられないだろうか。犯人の目的は初めから息子の長谷川準を殺すことにあった。それを隠すためわざと市長を拉致した可能性がないとは言えない。

だとしたら原因は長谷川準にあるということになる。

長谷川はまだ大学の助教授。教授の椅子を狙うために大学内で派閥の抗争があるという話は過去にも例がある。

研究成果が絡んでそうした問題が大学内であったとしたら、殺しの動機になるし、目的もはっきりする。

海棠は、念のため大学へ行って詳しく調べてみる必要があると改めて思った。

「殺された若奥様はたしか、ご主人と同じ大学を出ていたんですよね。ご主人と結婚する前、誰か別の男性と付き合っていたとか、そんな噂が出たようなことはありませんか」

奈津名が、話の途切れたのを見計らって質問を重ねた。

「さあ、そんな話は聞いたことがありませんね……」

課員が首を傾げた。

学生時代過激派グループで活動していたとか、海外のテロリストと繋がりがあったなどの経歴でもあれば、友人や知人などプライベートな部分も徹底的に調べる。

だが、市長の息子で大学の助教授の妻。しかも過去にまったく犯歴のない者について、個人的に調べる理由は何もなかった。

「それじゃ夫婦のどちらかが浮気していたとか、実は夫婦仲が悪かったというようなことは？」

奈津名は次々と質問を重ねた。

「夫婦仲は他人が羨むほどでした。浮いた話などまったくなかったですね」

「そんなに夫婦仲が良いのですか……まさか、その夫婦仲を嫉まれて嫌がらせを受けているようなことはないですよね」

課員の話を聞いた奈津名は、他人が勝手に邪推して恨みを抱いたようなことはなかったんでいたのだろうかと思った。

「ストーカーみたいにですか。それはないですね。息子夫婦は市長夫婦と同居していたんです。もし外部からの嫌がらせがあれば、市長にも危険が及ぶことになりかねません。市長を警護するという意味からも、必ず警察に情報が入るはずです」

課員は、きっぱり否定した。

「そうですか……」

奈津名は、日常の生活の中から何か事件の背景を探り出したいと考えていた。が、課員の話からはヒントを見つけだすことはできなかった。

「何も役に立つような情報がなくて申し訳ありません……警部補、後援会長の家はその角を曲がった先です」

課員が謝りながらハンドルを切った。

4

原発のある柏崎の刈羽村は、人口約五千人の小さな村である。その村の中で突然起きた凶悪な事件。それも市長が誘拐され、家族三人が銃で撃ち殺されるという惨(むご)い事件だっただけに、衝撃は村中に広がっていた。

課員に紹介された後援会長も、まだ動揺しているのだろう、海棠と奈津名を応接室に迎えたが険しい表情は崩さなかった。

「大変な事件が起きたものです。市長をはじめ、あんな仲の良い家族がなぜ射殺されなければならないんです。何が目的かは知らないが絶対に許せん……」

後援会長が日焼けした顔を歪め、声を震わせた。

「お気持ちはわかります。市長や家族の方々の人柄について、後援会長さんは誰よりもよく知っているでしょうから、許せないと思う気持ちが出てくるのは当然だと思います。私たちでさえ腸(はらわた)が煮えくり返るような気がしているんです」

課員が後援会長の言葉に同調した。

「会長さん、早速ですが、二、三聞かせてほしいんですが。最近全国各地の原発で冷却水漏れとか、配管破断などの事故が起きていますが、そうした事故やプルサーマル計画について、反対する人間が脅しをかけてきたり、嫌がらせをしてきて市長が悩んでいたとか、困っていたというようなことはなかったですか」

海棠が率直に聞いた。

「市長や市長の周辺からそんな話が出たことは一度もありませんね。もし市長や家族に何かあれば、側近の耳に入るはずですし、耳に入れば必ず私のところへ連絡が入ります。ですが、まったくそのようなことはありませんでした」

後援会長がきっぱり否定した。

「そうですか……ところで『燃える星』というような名前を聞いたことはありませんか」

海棠は後援会長に真剣な眼差しを向けた。

横では奈津名が、一言も話を聞き漏らすまいと、耳の神経を尖(とが)らせてメモを執っている。

「『燃える星』？　なんですかそれは……」

後援会長が怪訝(けげん)な顔をして聞き返した。

「いえ、たいしたことではないのですが、原発やプルサーマル計画に反対する者の中に、そうした名称を使う者がいますので、念のため確認させてもらったんです。それはそうとして『草の根みどりの会』という組織と代表者はご存知ですよね」

「もちろん知っています。代表者の大塚啓一は原発反対派の代表ですし、抗議行動をするときは、いつも先頭に立っています。それに本人はこの地元出身者ですからね」

「なるほど。で、その大塚と市長が、原発やプルサーマル計画のことで衝突したとか、トラブルを起こしたことはありませんか。どんな些細なことでもいいのですが」

海棠は、東京で起きた事件のことを気にしながら、質問を続けた。

「大塚がトラブルを起こすのは毎度のことです。考え方の違いで、市長をはじめわれわれとは真っ向から対立していますし、相容れない思想信条の持ち主ですからね」

後援会長が、怒りを抑えきれないように吐き捨てた。

「具体的に何か市長と揉め事があったんですか？」

海棠がじっと目を見据えて聞き返した。

「原発やプルサーマル計画を即刻中止せよとか、プルサーマル計画に関して実施した住民投票の結果、反対が多数を占めたことで勢いづき、誘致そのものを白紙撤回せよと激しい抗議行動を起こしていますからね」

後援会長が憎々しげに言った。

「会長さん、プルサーマル計画を市長が受け入れたとしたら、反対運動をしている大塚や会のメンバーは、どう出ると思いますか」

海棠は反対派の動きと、東京で起きている事件に何か接点はないかと思い、質問を重ねた。

「彼らは常々、体を張ってでも阻止すると言っていましたから、間違いなくピケを張ったり、なんらかの実力行使に出るでしょう。初めから話し合う気などない団体ですからね」

後援会長は、大塚たちの動きがよほど腹に据えかねていたのか、感情をあらわにした。

「実力行使に出る？　過去に何か激しい行動を起こしたとか、市長を吊し上げたとか、そんな具体的な例があったんですか？」

「意見の合わない相手のところへ集団で押しかけ吊し上げるくらいのことは平気でやる。手を出して暴行を加えるようなことはしないが、なにしろ集団で示威行為をするので、抗議された者は恐怖さえ感じることがある。もっとも法に触れない程度に恐怖を与え、精神的に威圧しながら自分たちの要求を押し通そうとする。それが奴らの常套手段なんです」

後援会長が激高して言う。

「直接暴行を加えたとか、家族を脅すというようなことはなかったのですね」

海棠が念を押した。

「私の知る限りでは、人前で手を出すことはありませんでした。ただ、噂では、大塚はかなり性格がきつく、仲間の間でさえ逆らえば何をしでかすかわからない、と聞いています」

「なるほど……」

海棠が鋭い視線を向けたまま頷いた。

「それに、これは市長の口から直接聞いたのですが、無言電話とか、原発をなぜ容認するのか、プルサーマル計画は絶対に受け入れるなという脅迫まがいの電話が自宅に頻繁に掛かってきていたそうです。もっとも市長は、よくあることだと気にもしていませんでしたが、家族はかなり迷惑に感じていたことは事実です」

「大塚という男性が、直接脅迫まがいの電話を掛けてきたという事実があるのですか？」

いままで黙って話を聞いていた奈津名が、メモを執っていた手を止めて確認した。

「誰が掛けてきたか、そこまではわかりません。そんな卑怯な電話を掛けてくるような連中は自分の名前は言わないですからね。ただ、市長は万が一のことを考えて、掛かってきた電話のうち目にあまるような内容のものは、すべてテープに録音して保管しているとは言っていましたね」

後援会長が新たな情報を口にした。

「録音テープが？　それでそのテープは家に保管してあるのでしょうか」

奈津名が身を乗り出した。

テープがあればどのような脅しの電話が掛かってきていたのか、具体的に内容がわかる。それに市長の誘拐と家族が殺害された事件の原因を摑める可能性も出てくる。

「私はそのテープが実際どこにあるのか、見たことも聞いたこともありません。存在しているとしたら、たぶん家にあるのではないでしょうか……」

後援会長が首を傾げた。

「どうですか、捜査一課でそのテープを捜し出し、保管しているようなことはないですか――」

海棠が、後援会長の話を受けて、課員に確認した。

「今のところ何も聞いておりません。すぐ確認してみます」

課員が、スーツの内ポケットから携帯電話を出しながら席を立った。

海棠は応接室から外へ出て行く課員をちらっと見て、再び視線を元に戻し話しかけた。

「会長さん、市長の家にそうした嫌がらせなり、脅迫めいた電話が掛かってきたと聞いたのはいつ頃ですか」

「私が最初に市長の奥さんから、おかしな電話が掛かってきたと聞いたのは事件が起きた三日前。七月十一日の午後一時半頃、私が自宅を訪ねたときでした」

「電話を掛けてきた相手は男ですか、それとも女ですか。それにどんな話をしたか内容については聞いていないですか」

海棠が確認した。

「電話を掛けてきたのは女だったそうです」

「女? で、名前は名乗らなかったのですか。たとえば個人名は名乗らなくても、組織の名前を口にしたとか」

「奥さんが名前を確認したそうですが、個人名とか組織名などは一切名乗らないで、原発やプルサーマル計画のことを一方的にまくしたてたそうです」

「なるほど……」

「核というものがどういうものかわかっているのかとか、核兵器の最たるものが原爆で、その原爆で犠牲になった人たちや、今現在苦しんでいる被爆者とその家族のことを真剣に考えたことはあるのか。原発の使用済み燃料を再処理して取り出したプルトニウムは核爆弾に利用される。原発を容認するということは、核兵器を持たず、作らず、持ち込まずという非核三原則を無視することと同じだ。プルサーマル計画は絶対に受け入れるな、などと、自分たちの主張をまくしたてたそうです」

後援会長が一気に話した。

「そのとき、脅しをかけるような言葉は吐かなかったですか。たとえば原発なりプルサーマル計画を容認し続ければどうなるとか」

海棠がさらに突っ込んで聞いた。

「あくまでも原発を容認し、プルサーマル計画を受け入れる姿勢を崩さなければ、どこかで必ず不幸が起きる。そんな内容だったそうですが、今考えてみるとそれが今度の事件のことだったのかもしれない。そう思えてなりません……」

後援会長が眉を顰め、表情を曇らせた。

「相手は必ず不幸が起きる、そう言ったんですね」

海棠が念を押すように聞き返した。

「はい……」

後援会長が頷いたとき、警備課員が戻ってきて、確認の結果を報告した。

「警部補、さっきの件ですが、捜査一課も鑑識もテープは確保していないようです。これから直ちに現場へ赴き、もう一度捜してみるそうです」

「そうですか――」

脅しや嫌がらせの声が入っているテープが見つかれば、その内容を詳しく分析、検討して相手の意図がどこにあるのか探ることができる。

それに、声紋が確保できるから、必ず今後の捜査の中で犯人を特定するのに役立つ――

海棠はそう思っていた。

5

「会長さん、長谷川準さんの幼馴染みや親友の方をご存知ありませんか」

奈津名がメモを執っていた手を止めて質問を続けた。

幼馴染みや親友は、仕事上の利害関係はまずないと考えていい。だから長谷川準も気を許しているだろう。

現在研究している微生物のことや個人的な悩み、あるいはトラブルなどの話をしているかもしれない。

市長個人に襲われる直接的な原因がなかったとすると、大学の助教授である長谷川準か、奥さんにその原因がある可能性もある――奈津名はそう頭を切り替えてみたのだ。

「そうですね……長沼雄二という同級生が特に仲がよかったんじゃないですかね。今でも休みのときは連れだってよく釣りに行ったりしていたようですよ」

後援会長は準が個人的に親しい男の名前を口にした。

「長沼雄二さんですね。それで、その長沼さんは今どんなお仕事をなされているのですか？」

「刈羽の原子力発電所で、技師として働いています」

「長沼さんはどんな方ですか？　たとえば性格とか……」

奈津名がさらに突っ込んで聞いた。

「準君とは対照的で、どちらかと言うと面倒見がいいし、前に出るタイプと言いますか、何をしても積極的、活動的でさっぱりした性格の男です。市長選のときもそうですが、準君の親父さんの選挙だからと、休暇を取ってまで手弁当で走りまわってくれる。そんな男です」

後援会長が長沼の人物像について印象を語った。

「男気のある方なんですね。わかりました。それで会長さん、長沼さんの住所や連絡先の電話などはわかりませんでしょうか。わかれば教えていただきたいのですが」

奈津名は一度その長沼という男に会って、話を聞いてみたいと思った。

「後援会の事務所へ行けばわかりますが、今ここでは本人の住所を書いたものがありませんので……」

「そうですか……厚かましいお願いですが、後援会の事務所へ電話をして、確認していただくわけにはいかないでしょうか」

「よろしいですよ。ちょっと待ってください。すぐ確認しますから」

後援会長が立ち上がり、二人を残して応接室を出た。

その後ろ姿を見送った海棠は、東京で起きた爆破事件のことが気になり考え込んでいた。本部の捜査一課に予告電話を掛けてきた男は『死の海と化す』と言っていたらしいが、これはどういう意味なのだろうか。

航行する船舶を狙っているのか。それとも東京湾など特定の地域を狙って、何か強力な毒物でも流し、混乱させようとしているのだろうか。

しかし、船舶を狙うとか、一定の地域を汚染するのであれば範囲は狭い。少なくとも死の海と化すという言葉の意味からすれば、部分的な範囲をさすとは考えにくい。もっと大がかりなことを考えているような気がする。

長谷川準は微生物の研究をしていたという。もし、その過程で偶然伝染力の強い細菌なり、微生物を発見していたら——。

それを犯人たちが細菌兵器として使用するため欲しがったか、手に入れて脅しをかけてきたのではないか。

あくまでも推測だが、かりにそんな強力な感染力を持つ微生物が発見されていたとしたら、テロリストにとっては脅しの武器になる。

いや、場合によっては全世界のテロリストに売ることもできるし、買う国も出てくるだろう。

その微生物をテロリストが、実験のため使用しようとしているのではないだろうか。もしそんなことがあるとすれば大変なことになる。

何万人、何十万人の人間が実験台になって命を落とすような事態になれば、世間がパニックに陥ることは間違いない。

海棠がそんなことを考えていたとき、後援会長が部屋に戻ってきて、

「失礼しました。これが長沼君の住所と連絡先の電話番号です——」

と言って奈津名にメモを手渡した。

「ありがとうございます」

丁寧に頭を下げた奈津名がそのメモを受け取り、目を通した。

奈津名と後援会長のやり取りを聞いていた海棠は、会長が再びソファーに腰を下ろすのを待って質問した。

「息子さん夫婦のことについて、もう一度確認させてほしいのですが、夫婦が襲われる理由について心当たりはないですか。たとえば他人から恨まれていたとか、なんらかのトラブルを起こしたようなことは」

「ありませんね。準君は子供の頃から性格的におとなしく、今までに他人と諍いを起こしたというようなことは聞いたことがないですね。それに奥さんもよくできた方で、自分の子供に限らず、他人様の子供の面倒をよく見ているし、近所の奥さん方とも仲良くやっていて、なかなか評判はいいですよ。あの性格なら、他人から恨まれるようなことはまずないでしょう」

後援会長が言下に否定した。

「そうですか。心当たりはないですか……」

海棠が眉根を寄せた。

「準君などは、市長の後継者として政治家になるよう、私たちが強く説得したこともあるのですが、本人はまったくその気がありません。それに奥さんも相手と駆け引きするような政治家になるより、大学で教鞭を執り、地道な研究をするほうが夫の性格に合っていると言って、政治家になることを強く反対しています。夫婦とも敵をつくることが嫌な性分なんです」

「なるほど……ところで息子さんは大学で生物工学を教えながら微生物について研究しているそうですね」

「ええ、そう聞いています」

「石油を生成する微生物を発見し、その細菌を使って地場産業を作り、地域振興に役立てようとしていたというのは間違いないですか」

海棠は、その微生物のことが気になっていた。

研究は一人でするというより、チームを組んですることが多い。学会などで発表するときは、チームの責任者が代表して行なう。

つまり、一緒に研究した者の名前が表に出ないことがよくあると聞いたことがある。

中には自分の名前が出ないことに不満を持ち、研究の成果を自分のものにしようとする者がいたとしてもおかしくはない。

もし、研究チームの中で揉め事があったとしたら、十分殺人の動機になり得る——海棠はそう考えたのだ。

「間違いありません。市長は真剣に、微生物を利用して作った石油から加工品を製造し、地場産業にしていきたいと考えていたんです」

「なるほど。で、生産に取りかかったんですか?」

「いえ、まだです。石油が本当に量産できるかどうか、採算が合うかどうか、地場産業として成り立つかどうかという問題もありますし、なによりも、微生物で石油が生成できるということ自体、まだ半信半疑の者が多く、議会も理解できなかったという事情があったんです」

「しかし、微生物の発見者でもあり、生成技術を確立した長谷川助教授が説明して納得させたのではないんですか」

「たしかに詳しい説明はありましたが、内容が難しくて議会を説得するまでには至らなかった。それで議会の同意が得られず保留ということになったんです」

後援会長がさも残念そうに言った。

「さっきもうかがいましたが、本当に微生物から石油が作り出せるのでしょうか。私たちはまったくの素人で、微生物のことはわからないのですが」

動物ではクローンができるし、植物でも鉱物でも科学の進歩は著しい。だから微生物から石油を作ることができたとしても別に不思議ではないが。

「準君の話によると、間違いなく微生物から石油を大量に生成できるところまで、研究と技術開発は進んでいたようです。もっとも我々のような凡人にはまったく信じ難いことですが……」

「市長はその研究成果を信じていたのですね」

「もちろんです。ただ石油を生成するにしても、設備に数十億円という金を投資しなければなりません。議会で承認されなかったのは、理論上は可能だとしても過去にそうした例がない。もし税金を注ぎ込んで失敗したとき市民を説得できるか、誰がどのような責任を取るのか、そうした諸々の問題が解決できず、前向きな結論にならなかったと聞いています」

「会長さん自身、市長からそのプロジェクトを聞いたときどう思いました？」

「私は準君を子供の頃からよく知っていましたし、信じていました。微生物から石油ができるなど誰が想像していましたか。もしそれができれば日本はおろか全世界で初めてという画期的な事業になるんです。過去に例がないからといって、研究の成果を否定する必要はない。何しろ、小さな地方の村から世界に先駆けたプロジェクトを発信できるのですから、成功すれば大変なことになります。場合によっては村興しとか、地場産業の発展とか、それだけでは収まりませんからね」

「成功したら、たしかにすごいことですね」

「私も市長からその話を聞いたときは、たしかにすばらしいことだと思いました。刑事さんもすでにご存知のとおり、この柏崎は原発だけで潤っている自治体です。しかし、冷却水が漏れるなど、原発は過去にいろいろなトラブルを起こしています。そのこともあって電力会社のプルサーマル計画には、地元の村が住民投票でノーを突きつけています」

「ええ……」

「今現在、この新潟と福島の原発で作られた電力の四十パーセントは東京で消費されていますから、反対派が主張するように、プルサーマル計画はもちろん、原発そのものを直ちに廃棄するようなことは事実上できません。しかし、原発そのものの耐用年数は約四十年と言われていますし、このまま市民生活のすべてを原発に頼るということもできない。それで、市長は将来のことを考えて石油生成の技術を導入し、地場産業を興し、日本のために貢献しようとしていたんです」

後援会長が詳しく事情を説明した。

「会長さん、市長が地場産業の振興計画を議会に提出したとき、揉め事はなかったですか――」

海棠が口を開いた。

「それはありませんでしたね。たしかにこの計画は時機尚早ということで保留になりましたが、地域にとっては明るい材料ですから」

後援会長が否定した。

「なるほど……それじゃ最後にもう一つだけ。この二、三カ月以内に、この刈羽原発の周辺で何か変わったこととか、いつもと違うような出来事があったとか、何か気付いたようなことはなかったですか。どんな些細なことでもいいのですが」

海棠が話の矛先を変えて質問をした。

「変わったことですか……別にこれといっては……」

後援会長が首を傾げながら考え込んだ。

「事件とは全然関係ないことでも構いません。不審者がうろついていたとか。日頃見掛けないような何かを見たとか。おかしな話を誰かに聞いたとか。変な噂があるとか、何でもいいんですが」

海棠が執拗に聞いた。

「噂ですか……そう言えば一カ月くらい前に一度だけ、リモコンで操作できるラジコン飛行機が、原発の近くで飛んでいたというようなことを、耳にしたことがあります」

「リモコン操作ができるラジコン飛行機が？　間違いないですか」

海棠が鋭い眼差しを向けた。

「ええ、誰が飛ばしたかわかりませんが、二、三回原子力発電所の建物の上を旋回したそうです。一度きりだったので、その話もすぐ忘れてしまい、誰も口にしなくなりましたが」

後援会長の言葉に頷いた海棠が、奈津名と顔を見合わせ、丁寧に礼を言って頭を下げ、聞き込みを終えた。

6

後援会長の家を出たあと、海棠と奈津名は電力会社を訪ねた。応接室へ通され、所長と会うことができた。

挨拶を済ませた二人に、所長の方が先に話し掛けた。

「東京では大変なことが起きているようですね」

「何の目的があってああいうことをやるのか理解に苦しみます――」

海棠は険しい表情をして答えた。

「つかぬことを伺いますが、その東京の事件と何か関連があってこの刈羽に来ているのですか？」

所長が不安そうな眼差しを向けて聞いた。

東京で起きた爆破事件がもしテロリストによるものであれば、全国にある原子力発電所を狙うかもしれない。

まさかとは思うが、万が一この刈羽の原発が狙われ、爆破されたとしたら大変な事になる。

所長の脳裏にそんな不安とも、恐怖ともつかぬ考えが過ぎった。

「いえ、東京で起きた事件と私たちがこちらに来た事件とは直接的な関係はありません」

海棠が所長の顔色を窺い、不安をとり除くように話した。

「そうですか……」

所長は納得できないようだった。

わざわざ東京から来たということは、何か特別な事情があるに違いない。それは東京の爆破事件ではないのだろうか。

所長はそんな気がしてならなかった。

「すでに所長さんもテレビや新聞報道でご存知だとは思いますが、東京で起きた爆破事件に絡んで犯行予告とも受け取れる内容の声明が犯人側から出ています。ところが、犯人側は何を目的にしているのか、その点にまったく触れていません。しかも、世間を震撼させるような事件を起こすとまで言ってきているんです。そこで念のため、全国にある原発やその他の空港とか、米軍の基地関係とか主だった施設のある所を一カ所ずつ点検しているところなんです」

海棠は事実を掻い摘まんで話した。

「まさか原発が狙われているのでは……」

所長が表情を強ばらせた。

「いえ、原発そのものが狙われているというような情報はありません。ただ、アメリカで同時多発テロがありましたし、今度は東京でテレビ局が爆破され、駅や高速道路が同時期に爆破されるという異常な事態が起きました。これらの爆破事件は誰もがまったく予測できなかったことです。万が一、原発がテロリストに狙われたとしたら大変な事になります」

海棠は瞬きもせずに、所長の目をまっすぐ見つめながら話した。

「もっと言えば、テロリストはテロを行なう時や場所、方法など、自分たちの思惑ひとつで自由にできます。それに、通信施設や交通に関わる施設を狙うというのはテロの常套手段です」

アメリカでアルカイダのムジャヒールという容疑者が、ダーティーボム、汚い爆弾と呼ばれる爆発物を使ってホテルやガソリンスタンドなどの爆破を狙おうとしていたという記事が新聞に載っていた。

殺傷能力はあまりないが、ＴＮＴ火薬やダイナマイトにプルトニウムなどの放射性物質を混ぜて汚染するという計画だったと聞く。

テロリストはただ爆発物を使うだけではなく、生物化学兵器をはじめ核物質などを利用して無差別テロを仕掛けようとしている。

過去に炭疽菌によって世界を混乱させるような事件もあった。こうした事実を見るかぎり、いつ原発が襲われるかわからない。

もしかしたら、今度東京で起きた爆破事件も、そのテロ行為の一環ではないだろうか——。

所長は、原発が爆破されたときのことを想像するだけで、身の毛がよだつほど戦慄し、背筋が凍るような思いに駆られていた。

「ところで話は変わりますが、ここへ勤めている長沼雄二という技師の方がおられますね」

海棠が聞いた。

「ええ、長沼はうちの社員ですが。長沼が何か……」

所長が不安そうな表情を見せて聞き返した。

「いいえ、長沼さんがどうこうというわけではありません。先日、殺された市長の息子さん、長谷川準さんの親友だと聞きましたから、その件でちょっとお会いできればと思いまして」

「たしか、彼は今休暇を取っているんじゃないですかね。ちょっと総務のほうへ確かめてみます」

所長がそう言って立ち上がると、部屋の壁に掛けてある電話のところまで歩みより、受話器を取って総務課に電話を入れた。

「私だ。今、長沼くんはたしか休暇を取っていたんだったな……そうか、わかった……」

所長が頷きながら受話器を置いた。そして海棠たちの前へ戻ってきて話した。

「五日ほど前から、奥さんと子供さんを連れてオーストラリアの方へ行っているそうです。十日間の休暇を取っているようです」

「オーストラリアへ行っているのですか……つかぬことを伺いますが、休暇を取る前、長沼さんに何か変わったような事はありませんでしたか」

五日前といえば八月十三日。本部の捜査一課に犯人から犯行予告があった日だ――海棠はそう思いながら所長の言葉を待った。

「特にこれといって私の耳には入っていません……」

「今頃、家族でオーストラリアまで旅行するというのは何か目的があるのですか、それとも単なる旅行ですか」

技師が十日間も続けて休暇を取ることに疑問を持った奈津名が、聞き返した。

「実は、長沼君のお嬢さんはダウン症で病院通いをしていました。なんでもオーストラリアに行けばイルカと触れ合うことができるそうで、それがダウン症にいい結果をもたらすそうです。それで、子供のために治療を兼ねて行ったそうです」

「そうだったんですか……」

奈津名が同情しながら大きく頷いた。

「刑事さん、市長が誘拐され家族が殺されたあの事件と、長沼とが何か関わりを持っていたのでしょうか」

所長が不安そうに聞いた。

「いえ、そういうことはありませんので心配なく……ところで所長さん、これは参考までにお尋ねしたいのですが、長沼さんの勤務態度といいますか、会社における評判とか、過去に誰かと社内でトラブルを起こしたというようなことはありませんでしたか」

海棠が長沼について聞いた。

「性格は明るい方ですし、皆から好かれていましたね。これまで社員とトラブルを起こしたというようなことは一度も聞いておりません」

所長が答えた。

「市長の息子さんとは、どの程度の付き合いだったか、その辺はご存知ないですか」

「プライベートなことについてはわかりません。ただ、聞くところによりますと、幼馴染みで仲がよかった。それくらいのことしか……」

「市長はよくご存知ですか？」

「ええ、何度もお会いしてますし、いろいろこの原子力発電所のことでもお世話になっておりますから」

「その市長に何かトラブルがあったとか、原発に関して市長と会社に嫌がらせの電話があったとか、脅しがあったとか、そのようなことはありませんか」

海棠がたて続けに質問した。

「嫌がらせや脅しといった事実はありません」

所長が海棠の言葉を否定した。

「会社そのものに対しての反対行動はありませんでしたか」

海棠が更に突っ込んで聞いた。

「さきほども申し上げましたように、原発やプルサーマル計画に対する抗議行動はたしかにあります。しかしそれは反対派がデモをしたり抗議文を社へ突き付けてきたり、その程度のことで、業務を妨害するような行動はこれまで起きていません」

「そうですか……もう一つだけ伺いたいのですが、一カ月ほど前、この原子力発電所の上空を、ラジコン飛行機が飛んでいたというようなことを耳にしたのですが」

海棠が質問を続けた。

「一カ月ほど前ですか……確かに社員からそのような報告を受けたことはあります。もちろんそのときは緊張しましたが、それ以降、まったくラジコン飛行機がこの発電所の上空や周囲を飛ぶといったことはありませんでした。誰が飛ばしたのか、それ自体もまったくわかりませんでしたので、そのまま話は立ち消えになりました……」

「わかりました。それじゃ、もし何か不審な点を思い出したり、気付いたことがありましたら警察へ連絡してください。どんな些細なことでも、これくらいのことは大したことではないと思わないで、面倒でも気が付いたことは報せてもらえますか」

海棠は、奈津名と同行していた警備課員に頷きかけて聞き込みを終えた。

7

海棠は電力会社を出た後、警部の根岸に電話を入れた。

「警部、ちょっと気になることがあるんですが――」

――ちょうどいいところに電話を入れてくれた。たったいま『燃える星』と名乗る者から犯行声明が出た。それはさて置き、お前が気になることというのは何だ。

「実は事件がある一カ月ほど前に、原子力発電所の上空をラジコン飛行機が飛んでいたらしいんです」

海棠が犯行声明という言葉に緊張しながら話した。

――ラジコン飛行機が飛んでいた？　どういうことだ。

根岸が怪訝そうに聞き返してきた。

「おそらくリモコンで操作していたのだと思いますが、発電所の上空を何度も旋回していたそうです」

――そのようなことが何度もあったのか。

「いえ、それ以前には一度もそうしたことはなく、またそのラジコン飛行機が発電所の上空を旋回するということは、その後一度もなかったそうです」

——誰がその飛行機を飛ばしたか、確認はできたのか。

「現在のところ誰が何の目的でラジコン飛行機を飛ばしたのか、まったくわかっていません。それに電力会社の所長も市長の後援会長も、あまり気に留めていなかったようですが、どうも目的がはっきりしないだけ、気になるんです」

——もしもということが考えられなくもないな……。

「それで東京で起きた爆破事件ですが、現場周辺でそうしたリモコンで操作するラジコン飛行機や、模型の車などを見掛けなかったかどうか、聞き込みの過程で確認するよう指示してほしいのですが」

リモコンで操作できるとすれば、そのラジコン飛行機なり、リモコン車にプラスチック爆弾のＣ４を組み込んでおけば、犯人は遠隔操作で思い通りに所定の場所を爆破することができる。

俺の考え過ぎかもしれないが、まったく可能性が無いとは言い切れない——。

海棠はそう考えて、念には念をいれて聞き込みをしなければ、と考えていた。

――わかった。その件は皆に指示しておく。それから犯人の犯行声明だが、その犯行声明の中に原発を狙っているようなことが出てきているんだ。

根岸が硬い口調で言った。

「原発を狙っている？　どういうことですか」

――特殊法人の日本原子力研究所と、核燃料サイクル開発機構の二法人で、現在総額四兆円を超える累積欠損金が生じている。これまでは、その二つの法人の研究開発を政府の支出金で賄ってきたが、それはとりもなおさず国民の税金を使っているということになる。原子力発電所自体の運営は民間会社だが、さらに研究開発を進めて行けば行くほど、国民の負担が大きくなる。それで直ちに研究開発を中止しろということだ。

「つまり原子力発電の研究開発を続ければ、また何らかの行動を起こすということですか――」

海棠が聞き返した。

――その通りだ。過去に静岡の浜岡原発で起きた配管破断事故をはじめ、いろいろな事故をこれまで起こしてきたが、政府をはじめ関係者は、まったくそれが無害で人畜に影響はないと事実を隠蔽するようなやり方をしてきた。しかし現実には改修しなければならない原発は二十基を超えている。そうした中でさらにプルサーマル計画の導入だ。その計画を直ちに中止しなければ、東京で起きた事件と同じようなことが全国の原発で起きるだろう。そう言ってきている。

「そうしますと、テレビ局の爆破、高速道路の爆破、そして駅を爆破したのは自分たちの犯行だと認めたということですか」

――イスラエルとパレスチナの問題、ニューヨークの世界貿易センター爆破テロ、炭疽菌テロ、さらには中東の自爆テロやアフガンの空爆、それらすべての責任はアメリカにある。そのアメリカと安全保障条約を締結している日本政府にも同じ責任がある。テロの掃討と称して理不尽な戦争行為を仕掛けているアメリカと、そのアメリカに加担する日本の政府に対して、神の名のもとに鉄槌（てっつい）を下さなければならない。電話を掛けてきた男は、そのように言っている。

「ふざけたことを――」

――さらにこうも言っていた。有事法制を進め、どこまでもアメリカに追随するようなやり方を取り続けるのであれば、日本の首都、東京を死の海と化す。十日以内に自分たちの要求を飲まなければ、さらに大きな犠牲が伴うことを覚悟しておけと……。

「東京を死の海と化す？」

海棠が眉間に縦皺を寄せた。

――その他にも要求してきている。官僚の局長クラス以上を全て馘にしろ。それから官僚の天下りを直ちに止めろ。亡命希望者の人権を守り、受け入れろ。厚生省のＢＳＥ（狂牛病）問題やＣ型肝炎、エイズ問題について直ちに国の対策を考えろ。患者には無料で治療をすると約束すること。同時に、過去の失敗に対して役人がまったく責任を取っていない。その責任を直ちに取らせろ。政治家の口利きを止めるように。それに、直ちに政党助成金の交付を止めろ。そんな要求をしてきた。

根岸が『燃える星』と名乗った男の要求を一つ一つ海棠に伝えた。

「警部、何が目的なんですか――」

自分たちの要求をただ突き付けてくる。その要求を満たさなければ、十日以内に東京を死の海にするという。

テロリストが脅しをかけ犯行を実行しようとするとき、これまではっきりした目的があった。

ところが今度の場合、政府に対する要求は、一週間や十日で直ぐに改善できるというものばかりではない。要求そのものが漠然としている。

政治が良くならない、官僚機構を変えなければ、と革新的なことを言いながら、一方で何の罪も無い一般市民、国民を犠牲にする。

まったく言っていることと行動が一致していない。はっきりした目的がどこにあるのか、まったくわからない。

海棠はそう思いながら根岸の言葉を待った。

――相手の目的は不明だ。電話をしてきた男に目的を聞いてみたが、『いずれわかる。死の海と化す』と言うだけで、金の要求などは一切してきていない。

「そうですか……」

――ただ一つ言えることは、現実に奴らが信じられないような行動を起こしたということだ。懸念するのは、十日以内にまた新たな爆破事件なり、われわれが想像のつかない事件を起こす可能性がある。

「そうですね……」

――海棠、犯行声明から原子力発電所をターゲットとしているような言葉が読み取れる以上、われわれとしては、早急に情報を集める必要がある。その意味で徹底した捜査をやってくれ。

根岸が指示した。

「わかりました。俺たちは引き続き捜査を進めていきます。何もなければそれに越したことはありませんが、万が一のことを考えたら悠長な捜査はしておれませんから」

海棠は、横でじっと耳を傾けている奈津名の顔を見た。

――そうしてくれ。どんな細かい情報でもいい。気になることがあったら直ぐ連絡してくれ。

「わかりました――」

海棠が返事をした。

――それから、おまえから照会のあった、出版社を経営している栗原のことだが、共学舎という出版社を経営しているのはたしかだ。ただ、過去に思想的な活動経歴はまったくない。出版の内容にしても官能雑誌や娯楽物、芸能界などの暴露本がほとんどで、堅い本はまったくといっていいほど出版はしていない。

「そうですか。思想的な繋がりはないんですか……」

海棠が眉を顰めた。

——表面的には、特にこれといってない。ただ周囲の者の話では、金にシビアだということだ。

根岸が捜査の結果を伝えた。

「金に汚いということですか」

海棠が聞き返した。

——金儲けのためならなんでもするような男らしい。原発の建設やプルサーマル計画について首を突っ込んでいるのは、チラシとか小冊子を作るために繋がりを持っていたのではないか、そんな話もある。ボランティアをしたり、自分から進んで政治活動をするような男ではないようだ。

「そうですか。それじゃ警部、引き続き栗原については調べを進めてもらえますか——」

——わかった。それじゃリモコンのラジコン飛行機や車の件については、捜査一課とも連絡を取り、調べてみる。ただ、『燃える星』と名乗る者の目的がはっきりしない以上、次にどう出てくるかわからない。くれぐれも気をつけて聞き込みを続けてくれ。

根岸が気持ちを引き締めさせて電話を切った。

8

海棠と奈津名は、警備課員の運転する車で新潟空港へ直行した。

殺された長谷川準の幼馴染みである長沼が、ダウン症の子供の治療を兼ねてオーストラリアへ行ったとすれば、新潟空港から成田空港へ飛び、そこからオーストラリアへ向かった可能性もある。

もちろん新幹線で東京まで出て、成田空港へ行くコースもある。いずれにしても飛行機を使っているだろうから、搭乗者名簿に家族の名前が載っているはずだ。

海棠は、長谷川準が殺されたのと同時期に家族と海外へ出掛けたということがなぜか気になっていたのだ。

「警部補、ひとつ聞いてもいいですか――」

課員がハンドルを捌きながら、助手席に腰を下ろしている海棠に話しかけた。

「ええ――」

海棠がちらっと課員の横顔を見て頷いた。

後部の座席に座っていた奈津名も、課員の話に耳を傾けた。

「テレビ局や駅、高速道路といった通信や交通の要所を攻撃するというのは、テロリストの常套手段です。しかし犯行予告や犯行声明を聞いてみても、犯人が何を要求したいのか、犯行目的がまったく見えてきません。いったい犯人は何を目論んでいるのですかね……」

「さっきも警部と話したんだが、犯行声明の中に原発やプルサーマル計画を直ちにやめろ、という言葉があったらしい」

海棠が険しい表情をして言う。

「ということは、この刈羽の原子力発電所も狙われているということですか」

課員が顔を強張らせた。

万が一、原発が爆破されるような事態が起きれば大変なことになる。ここ刈羽や柏崎周辺に対する影響があまりにも大きすぎる。

犯人がその影響力の大きさを計算しているとすれば、必ず明確な目的がなければならない。

「犯行声明を聞くかぎり、具体的な要求は何もない。原発の廃棄やプルサーマル計画の廃止といったことも要求の一つだが、他にも政治のあり方に対する批判や経済政策の批判などが声明の中に含まれている」

「………」

「犯人は最初、三日以内に政治や経済政策を見直すようにと言ってきた。そして爆破事件を起こした。しかし政治や経済の問題を三日以内に正常化させろと言っても、実際問題としてそんなことができるわけがない。それはつまり犯人が世間に向けてポーズを作っているだけで、本当の目的は他にあるはずだ」

海棠は、国民の多くが不満に思っていることを並べたて、煽りたてるのもテロリストのやり方だと思っていた。

「長谷川市長の誘拐、家族の殺害、このことと東京で起きたテロ行為とやはり関わりがあるのですかね」

「いまのところ繋がりは見えていない。だが、まったく繋がりがないと完全に否定する材料もない。やはり最悪な事態を考えておく必要がある」

「たしかにそうですね……しかし、かりに犯人が本気で原発を狙っているとしたら、何のためにそのようなことをするのでしょうか……」

「犯行声明から考えるとたしかにこの刈羽の原発も狙われる可能性はある。ただ、テロリストが何らかの形で市長の誘拐や家族殺害の事件に関係しているとすれば、必ずどこかに接点が出てくるはずだ」

海棠は、テロリストが誘拐殺人に関わっているかどうか、半信半疑だったが、はっきりと結果が出るまでは、まだ諦めるわけにはいかなかった。

「接点ですか……ところで警部補、東京で起きた爆破事件ですが、爆発物の特定はできたのですか」

「まだ鑑識の結果はできていないが、俺はプラスチック爆弾のC４ではないかと見ている。もっとも、たんなる推測の域は出ないが、爆発の威力から見て、通常の火薬類が使用されたとは考えにくい」

「プラスチック爆弾ですか……しかし使われた爆薬がプラスチック爆弾のC４だとしますと、この日本ではまず手に入らないものです。自衛隊や米国の駐留基地から横流しされたとしか考えられません。ということは、国際的なテロリストが絡んでいる可能性も考えておく必要がありますね」

課員が表情を曇らせた。

「わずか五十グラムほどで百メートル四方の範囲に多大な被害を及ぼす。タイの航空機がバンコクの国際空港で爆破された事件が過去にあったが、そのときにコンポジション4というプラスチック爆弾が使われた。そのときの使用量はわずか百グラム程度だったと言われている。それほどＣ４とは強力な爆薬なんだ」

「そのようですね……」

プラスチック爆弾が強力で威力のあるものだということは聞いていた。だが、実際に現物が使用されたところを、自分の目で確認したことはない。海棠から実際に起きた事件に使われたＣ４の数量を聞いて、課員は頷(うなず)くしかなかった。

「今度の事件を起こした奴らが、もし、そのようなプラスチック爆弾を大量に手に入れて原発を狙っていたとすると、何らかの方法で建物の内部にすでに仕掛けているかもしれない」

海棠は可能性を示唆した。

「だとすると、東京で起きたテレビ局の爆破にしても、アナウンサーやキャスターが座っている椅子や、カウンターに爆発物が仕掛けられていた可能性はありますね」

課員が、話しながらひとりで頷いた。

「以前、一度だけテレビ局を見学したことがあるが、ニュースの時間帯以外であれば、誰でも自由にスタジオへ出入りすることができる。もし局内にテロリストの仲間が潜り込んでいれば、人のいない間に椅子やカウンターの下にプラスチック爆弾を仕掛けることも可能だ」

ニュースは毎日必ず流しているが、そのニュースが始まる前、アナウンサーやキャスターは原稿の突き合わせなどに追われ、その他のクルーは段取りで忙しくしている。だから、椅子やカウンターの下を見て、点検することはまずないだろう――海棠はそう思っていた。

「そうですよね、まさかそんなところにプラスチック爆弾が仕掛けられているなど、考えてもいないでしょうから……」

ダイナマイトやTNT火薬は嵩張るので気付かれやすい。だがプラスチック爆弾は粘土のようなものだから、カウンターの下などに仕掛けられていれば発見されにくい。

黙って二人の話を聞いていた奈津名は万が一原子力発電所が爆破されたことを考えただけで、背筋が凍るようなおぞましさを覚えていた。

空港に着いた。

課員が車を駐車場に停めて、先に空港内へ入った。そして責任者に話を通し、海棠と奈津名を呼んだ。

航空会社は常に警察とは連絡を取り合っている。最近のようにテロリストが航空機を乗っ取ったり、危険物を機内に持ち込んだりする例が多くなると、余計に緊密な連絡が必要になってくるからだ。

課員は何度も情報収集に来ていて顔見知りだったこともあるのだろう、空港関係者も快く海棠と奈津名を事務所に迎え入れた。

「忙しいところ、お世話になります」

奈津名が丁寧に頭を下げた。

「今職員に搭乗者名簿を確認させています。しばらくお待ちください。さ、どうぞ——」

男の責任者が三人に着座を勧めた。

「面倒をかけます……最近変わったことはありませんか」

海棠が頭を下げて聞いた。

「おかげさまで、今のところ変わったことはありません。しかし、東京は大変なことが起きているようですね」

責任者が爆破事件のことを話しかけた。

「ええ、われわれも注意はしていたのですが、相手は警察の思惑どおりに動いてくれませんからね。警察は事件が起きてから捜査を始めなければならないようなところがありまして、事前に犯行を食い止めたいのですが」

「そうでしょうね。空港でも細心の注意を払い、危険物の持ち込みには気を付けていますが、必ずその検査を擦り抜ける者がいます。私たちももっと注意を払ってかからなければと思っているのですが……」

責任者が眉を顰（ひそ）めた。

アメリカの世界貿易センタービルが飛行機で爆破崩壊された事件や東京で起きた事件と同じようなテロ行為が、いつこの、地方都市である新潟でも起きるかわからない。そんな危機感を抱いていた。

「実行犯は事前に綿密な計画を練っているでしょうし、下調べもしているはずです。ですから、逆にわれわれは犯人に直結する確度の高い情報を入手するように努力しなければなりません。情報さえ摑（つか）めば犯行を事前に防ぐことができますからね」

海棠がそこまで話すと、女子職員がコピーした搭乗者名簿を持ってきて報告した。

「過去二週間以内に、長沼という姓の方が搭乗した記録はありません。名前が違っていれば別ですが、この新潟空港から搭乗していないのではないでしょうか」

「そうか、ありがとう。海棠さん、今聞いたとおりです。この空港から搭乗していないとなると、やはり新幹線で東京へ出て、成田からオーストラリア行きの便に乗ったのではないかと思います」

責任者の男が女子職員の言葉を受け、自ら受け取った搭乗者名簿に目を通しながら言った。

「わかりました。あとは警察のほうで成田空港を確認してみます。ありがとうございました。」

海棠は礼を言った。

「お役に立てなくて申し訳ありません……」

「いえ、搭乗していないということがわかっただけでも助かりました。それじゃ、どんな些細なことでも不審なことがありましたら、彼に連絡してください」

海棠は課員に頭を下げた。

第三章　陰湿な攻撃

1

「警部、東勧銀行の本店から業務部長の大宅さんが、是非会って話したいことがあるといって見えているんですが」

公安課員の佐々木が硬い表情で報告にきた。

「東勧銀行の本店から業務部長が？　銀行の者がなぜ公安に……」

根岸が突然の来訪者に首を傾げた。

事前に会いたいという連絡があったわけでもない。まったく面識のない本店の幹部が突然訪ねてきたと聞いて、根岸が表情を曇らせた。

時期が時期である。爆破事件が起きたあとだっただけに、また何か新たな事件が起きたのではないか——そんな予感が根岸の脳裏を掠（かす）めたのだ。

「詳しいことは警部に会って直接話したいと言っております。どうも今度の事件と関係があるようなんです」

「爆破事件と関係があるというのか。わかった、すぐ通してくれ——」

『燃える星』と名乗るテロリストから銀行に脅しの電話が入ったか、金の要求をされたのではないか。根岸はそう思い緊張した。

「わかりました」

佐々木が軽く頭を下げて部屋を出た。

テロリストから銀行に何らかの連絡があったとしたら、目的はおそらく金だ。もし金を要求してきたとしたら、爆破事件は金を奪うための手段として起こした可能性がある。『燃える星』の本当の目的は金かもしれない。

しかし、金を奪うために多くの命を奪い、怪我人を出したことが許せなかった。目的のためには手段を選ばずといったテロリストのやり方に根岸は強い憤りを覚えていた。

「警部、東勧銀行の大宅さんです——」

佐々木が大宅を部屋に連れてきた。

互いに挨拶を交わしたあと、佐々木が用意した椅子に腰を下ろした大宅が丁寧に頭を下げた。公安課の部屋を訪ねるのは初めてだったからか、緊張した表情をしていた。

部屋の中は、がらんとしている。机は二十基ほどあるが、ほとんどの者は聞き込みに出ていて、残っている課員は根岸を含めてわずか三人だった。

根岸のデスクはちょうど部屋の中央にある。その机の上に置かれている書類は伏せられ、大宅の目に触れないようにしていた。

「忙しい最中に突然訪ねてきて申し訳ございません。実は昨夜午後十時半すぎ、頭取の自宅に男から電話がありまして……」

大宅が話を切り出した。

「頭取の自宅に？　それで相手は何を話したのですか――」

根岸の目が鋭くなった。

「金の要求をしてきました。それも二十億という大金です……」

大宅がさらに表情を強張らせた。

「二十億？」

根岸が金額の大きさに驚いて大宅を見返した。

「はい、最初に電話が掛かってきたとき、奥様が応対したそうです。相手は名前も告げないで、いきなり頭取を出せと言ったそうです。それで奥様は、咄嗟にまだ帰宅してないと言ったところ、男は十時に帰宅したはずだと言ったそうです」

大宅が具体的に情況を話しはじめた。

「つまり相手は頭取の動きを監視していたということですか――」

「そうとしか考えられません。それで、頭取が電話に出ると相手は初めて『燃える星』と名乗って、テレビ局や駅などの爆破事件を持ち出し、銀行を爆破されたくなかったら、二十億用意しろと要求したそうです」

「そうですか……で、頭取はその『燃える星』と名乗る男に対して、どのように対応したのですか？」

根岸はやはり金が目的だったのかと思いながら、相手の出方が気になって聞き返した。

「はじめは爆破事件に便乗した嫌がらせだと思い、その要求を拒否したそうです」

「当然でしょう――」

「ところが、自分たちの行動を甘く見て、警告を無視するのであれば必ず後悔することになる。今晩六時に再び世間が驚愕するような事件を起こす。ただしその結果に対する責任はすべて要求を拒否した銀行側にある。結果を見て要求を飲むかどうか判断しろ。さらに拒否すれば東京が死の海になる。そう言って一方的に電話を切ったそうです」

大宅が眉を顰めた。

「今晩六時に事件を起こす。たしかにそう言ったんですね」

根岸が念を押すように聞き返した。

「はい、間違いありません……」

大宅が顔を引き攣らせて頷いた。

大宅の言葉を聞いていた課員も、厳しい表情をして腹立たしさを感じていた。

テロリストや過激派の連中が、自分たちの行動を正当化し、被害者や権力者に対して責任を転嫁させるのはいつものことである。

だが、要求を聞き入れないから再び事件を起こし、さらなる殺人行為を平気で続ける。その身勝手なやり方に強い憤りを覚えていたのだ。

「相手は具体的にどのような事件を起こすとか、何を狙っているかは言っていませんでしたか――」

根岸は東京を死の海にするというテロリストの言葉が気になっていた。

電話の内容から、相手の目的の一つが金であることははっきりした。だが、金を奪うだけならこれほどの大事件を起こす必要はない。

世間を驚愕させるような事件、東京を死の海にするとは一体どのようなことを指しているのか。

根岸は言葉の端々から、なんとか動きを摑みたいと思い耳を傾けていた。

「具体的にどうするとか、そのところは何も言わなかったそうです」

大宅がさらに表情を曇らせた。

「そうですか、何も言っていなかったですか……ところでこのことを行員の方は知っているのですか？」

根岸が質問した。

「脅しの電話が掛かってきたことが行員に知れますと、無用の混乱を招きますので、今のところ伏せています」

「そうですか……で、頭取は今どうしています？」

「頭取にはいつものとおり銀行へ出てきていただいています。ただ、万一のことがあっては困りますので、内部の者が目立たないように警戒しています」

「なるほど。しかし『燃える星』と名乗る男が電話を掛けてきたのは昨晩の午後十時半すぎ。今は午後三時十五分。かなり時間が経っています。警察にすぐ連絡しなかったのは、何か特別な理由があったのですか？」

根岸は、あえて連絡が遅れた理由を聞いてみた。

「申し訳ありません。その点については、本来頭取が直接警察へ足を運び事情を説明すべきなのですが、電話の内容が本当かどうか、嫌がらせではないか、かりに本当だとすると二十億円というお金をどうするかなど、内容を分析するのに手間が掛かったものですから……」

大宅が言い訳じみた説明をした。

「なるほど……」

「それに私が一人で警察へ来ましたのは、銀行側の動きを相手が見張っているようなことがあると困りますので、私が仕事に出かける振りをして外出し、尾行されていないことを確認して、ここへお訪ねしたようなわけです……」

「そうですか……大宅さん、もう一度確認させてもらいますが、頭取のところに金の要求があったことや脅しがあったことについては、銀行の上層部しか知らないのですね」

根岸が自分の腕時計を見て時間を確認しながら念を押した。

「はい……私どもも頭取を含めて話し合いました。もう少し様子を見てから警察へ届けても構わないのではないか、という一部幹部の意見もありましたが、駅やテレビ局が爆破された事件が現実に起きていること、それに午後六時という時間を切られたこともありまして、警察へ届け出なければという結論に至り、その結果、相談に伺ったような次第です……」

大宅が再び申し訳なさそうに頭を下げた。

電話を掛けてきた相手は何を考えているか見当がつかない。もし銀行の本店をはじめ、支店やATMを爆破されたら完全に業務が停まる。

そうなれば被害は相手の要求額よりさらに大きくなるおそれがある。

それにいつだったか、実際にATMにガソリンを撒かれ炎上した事件もあった。もし銀行に火を点けられたり爆破されたりしたら大変なことになる。

「わかりました。ところで大宅さん、頭取の家族はいまどうしていますか?」

根岸が質問を続けた。

「家におられます。頭取が外出しないように言っているそうです……」

「そうですか……で、銀行側として、何か具体的な対応はしているのですか」

根岸の脳裏に、誘拐されて現在行方不明になっている柏崎市長のことがふとよぎった。柏崎市長の誘拐と家族が惨殺された事件が、『燃える星』と名乗るテロリストと繋がっているかどうか、今のところはっきりしていない。

爆薬のC4を手に入れたり、テロリストたちが行動するためには、当然大きな資金を必要とする。

銀行に脅しをかけて二十億円もの大金を要求してきたのは、その資金を調達しようとしているのではないだろうか。

テロリストが頭取の家に直接電話を掛けてきたということは、すでに住所も家族構成も調べあげている証拠だ。

頭取の家族を人質に取り、予告どおりに今日午後六時に世間を震撼させるような事件を起こせば、銀行としても『燃える星』の要求を飲むしかない。

根岸は長年公安課で培った経験から、テロリストの非情さを知っていた。それだけに、最悪な事態が頭から離れなかったのだ。

「念のため、行員を三人ばかり奥様の傍に付かせています。それから銀行の本店をはじめ、各支店やATM設置場所について、不審物がないか緊急点検させています」

「頭取の身辺警護はどうしています？」

「セキュリティは、あまり大袈裟にならないように行員が行なっています。しかし、もし相手がテロリストであれば、とても私共の手に負えるものではありません。それで何とか警察のお知恵を拝借したいと思いまして……」

「わかりました。我々も早急に手を打ちましょう。何か事が起きてからでは遅いし、取り返しがつきませんからね」

根岸が厳しい表情で、大宅の申し出を受け入れた。

「よろしくお願いします。それで今後、銀行としては何をすればいいか、ご指示があれば伺いたいのですが……」

大宅が頭を下げ、指示を仰いだ。

「これからはすべて警察の指示に従ってください」

「わかりました……」

「まず、頭取と家族の身辺警護に私服の警察官を目立たないように配置する必要があります。第二点は、相手がまた連絡を取ってくるということを前提にして、証拠を収集するためにも、声を録音する必要があります。声紋や通話記録から相手を特定できる可能性もありますので、銀行の協力がいただければ助かります」

「私どもにできることは、なんでも協力させていただきます……」

「お願いします。ただですね、事件が事件ですから、私の一存で対策を決定するわけにはいきません。上司とも相談して最善の対策を講じる必要があります」

「はい……」

「これから早急に上司と検討してみますが、できれば大宅さんが私ども警察との窓口になっていただきたいのですが。テロリストの息のかかった者が、銀行内にいる可能性も否定できません。ですから密かに警備体制を整える必要があります。警察との密な連携をはかるためにもそのほうがいいと思いますが、どうでしょう」

根岸が眉間に縦皺を作り、自分の考えを吐露した。

「わかりました。戻ってからそのことを頭取に伝えて、私どもも精一杯の協力をさせていただきますので、どうかよろしくお願いします……」

大宅が深々と頭を下げた。

「いずれにしても午後六時まで、あまり時間がありません。大宅さんと直接連絡を取る手段として、携帯電話を教えてもらえますか。それと銀行に戻ったら警察との専用電話を確保してください。その都度必要な指示をすることになると思いますから」

「わかりました。よろしくお願い致します……」

大宅がまた深々と頭を下げて席を立った。

大宅の様子に鋭い視線を凝らしていた根岸は、同時に海棠と奈津名のことを思い浮かべた。

心の片隅で、何か情報を摑んできてくれればいいが――とわずかな期待を抱いていたのだ。

2

海棠と奈津名は、新潟での聞き込みを一時中断して、長谷川準の職場でもあり、妻紗世の出身大学でもある静岡大学へ行った。

地元の柏崎で聞き込みを続けたが、市長をはじめ家族のことを恨んでいたり、脅しや嫌がらせがあったという情報、テロリストに結びつく有力な情報はほとんど皆無に近かった。

そのため海棠たちは捜査の範囲を広げるしかなかったのだ。

二人は表向き、長谷川一家の誘拐殺人に対する捜査ということにして、学部長の緒田と会った。

大学にもよるが、公安警察の者と知った途端、口を噤んだり反発する者もいる。その点、誘拐殺人といった事件の捜査ということにすれば、反社会的な犯罪という側面が強いから、聞き込みには比較的協力してくれる。

だから海棠は、あえて公安に所属していることは伏せて学部長と会い、協力を頼んだのだ。

海棠と奈津名はすぐ応接室へ通された。

大学側としても自校の現役助教授とその家族が惨殺され、父親である市長が誘拐されて行方がわからなくなっている。緒田は丁寧に応対してくれた。

「事件があった前日、あれほど元気だった先生が、こんなことになるなんて信じられません。悪夢を見ているようです……」

緒田が表情を曇らせて、大きな吐息を漏らした。

「気持ちはわかります」

海棠も奈津名も、同調するように頷いた。

「刑事さん、長谷川先生は本当に真面目な方で、同僚や学生の間でも信頼されています。そんな先生やご家族が、なぜあんな惨い目に遭わなければならないのですか……」

緒田は二人の顔を交互に見つめて、唇を噛んだ。

「たしかに地元でも評判のいい方たちです。しかし、その評判のいい先生やご家族の方が殺され、誘拐されるという事件が起きたことも事実です」

海棠が言いながら、鋭い眼差しを向けた。

「ええ……」

「そこで率直に伺いたいのですが、たしか長谷川先生は生物工学が専門だと聞きましたが、具体的にどのような研究をしていたのか、差し支えない範囲で結構です。教えていただけませんか――」

海棠は新潟で得た情報をあえて伏せ、質問した。

横に腰を下ろしている奈津名も、生物工学という聞き慣れない言葉に強い興味を持っていたこともあって、真剣な眼差しを向け、聞き耳を立てていた。

「実は先生が力を入れて研究をしていたのは、微生物、つまり細菌を利用して石油を作り出すことでした」

緒田がちょっと考えてから話しはじめた。

「微生物から本当に石油を作り出すことができるのでしょうか……」

奈津名が聞き返した。

「もちろんです。長谷川先生は誰にもできないこと、不可能と思われていたことをやり遂げたんです。以前から一部の細菌が体内に石油を作るということはわかっていたんです。一九九三年に、この静岡県の相良油田で、地表近くの土壌から発見されたＨＤ１という細菌がそれなんです」

緒田が美しい奈津名の顔を見つめながら話した。

「ＨＤ１？」

「ＨＤ１というのは、京都大学の教授が最初に発見したのですが、大量生産をするには無理があった。当初は酸素なしで石油を分解する能力が注目され、二酸化炭素と水素ガスから、脂肪族の炭化水素を作り、体内に蓄積することが確認されたんです。しかし、それを実用化するまでには至らなかった。ところが、長谷川先生は独自の研究で、石油の大量生産の実用化に成功したんです」

「その細菌を利用することによって、資源のないこの日本でいくらでも石油が生産できるということですか」

「そのとおりです。長谷川先生は画期的な研究を成功させたんです。大したものですよ。そんな優秀な人材をこの度の事件で失ったのですから、日本にとっても、大学にとっても大きなマイナスです」

緒田は眉を顰めた。

「たしかに惜しいですね……」

奈津名も、それほどの研究者を殺人という行為で失ったことは、何事にも換えられない損失だと思っていた。同時に、それほどの貴重な人材を殺した犯人に対して、言いようのない憤りを覚えていた。

「刑事さんもご存知だと思いますが、石油は約一億年くらい前に死んだ生物の死骸（しがい）からできたという有機説が有力でした。ところが、その有機説を覆すような大発見をしたのが長谷川先生だったんです」

「なるほど……」

奈津名と海棠が感心するように大きく頷いた。

「長谷川先生の研究は、学会で注目されました。科学雑誌にも発表されましたし、すでに特許も取っています。なにしろ、この技術を使えば、日本はもとより、全世界で人工的に石油を生成することができるようになるのですから、驚異的な発見であることは、まぎれもない事実なんです」

緒田は、まるで自分が研究を成功させたように、目を輝かせて説明した。

「エネルギー資源が無尽蔵に人間の手によって作られるということですか。たしかに石油を人工的に作ることができれば、すごいことですね。研究成果を欲しがる企業は多いでしょう」

どんなに凄い研究でもこれを実用化し、石油の大量生産をするには、プラントの建設などに莫大な資金がかかるため、個人が負担するのは事実上不可能である。

だが、そんな素晴らしいことであれば、大手の企業なら喉から手が出るほど欲しいはずだし、欲しがるだろう——海棠はそう思っていた。

「もちろん大手石油会社をはじめ、いろんな他業種の企業から話がきています。しかし長谷川先生をはじめ、ご家族の方はまったくその気はなかった。金儲けより、地元の産業としてまず発展させたい。そのために利用できればと欲のないことを言っていました」

緒田がさも残念そうに言って口を噤んだ。

「そうですか……」

「長谷川先生の研究成果を、地場産業にだけ利用するというのは、いかにももったいない。地球上には、資源の乏しい国はいくらでもあります。そうしたところに利用ができれば、どれだけ人類発展のために役立つか。もっと言えば全世界に平和をもたらすことができるんです」

緒田が悔しそうな言い方をした。

「学部長さん、長谷川先生の研究成果を企業に売るとしたら、どれくらいのお金で売れるのですか？」

奈津名が緒田の言葉を受けて、具体的に確認した。

そんな大発明がなぜ今まで話題にもならなかったのか。柏崎の市議会でも市長の提案を保留して、実際には動こうとしなかった。

ということは、理論上は大量生産できるとしても、現実的には無理なのではないだろうか。

本当に、いま直ぐにでも生産が可能であれば、国家的なプロジェクトとして、国が話に乗り出してもいいはず。

それに大手企業が買いに来たというが、結局、実用化が難しいと考えて手を引いたのではないだろうか。それで話題にものぼらなくなったのでは——。

奈津名は、学部長の話を聞いて、余計半信半疑になっていた。

「そうですね、企業が買うとすれば、何百億、何千億、いやそれ以上想像もつかない金額になるでしょうね」

緒田が考えながら話した。

奈津名が驚きの表情を見せた。

「そんなに……」

何百億、何千億と言われてもピンとこなかった。頭のなかですごい金額だとは思っているのだが、まったく想像もつかなかった。

「それほど莫大な利益を産む研究が成功したとなりますと、妬(ねた)んで脅しをかけてきたり、嫌がらせをしたりする者が相当いたんじゃないですか?」

目の前に想像もできないほどの利益が転がっていれば、必ずそこへ群がる者が出てくる。

最大のビジネスチャンスと見て、近づいてくる企業もあるだろう。また、その技術を盗もうとする者や、騙して権利をモノにしたいと思っている輩(やから)もいる。長谷川の成功を妬んでいる同僚の科学者や研究者がいる可能性も否定できない。今、目の前にいる学部長だって、口では長谷川のことを誉めてはいるが、本当の腹の中はどうかわからない――。

海棠はそんなことを考えながら話を聞いていた。

「正直に言いますと、この大学にもいろいろな内容の電話が掛かってきます。そのほとんどは、ノウハウを教えてくれとか、いくらなら権利を売ってくれるかとか、そうかと思えば、研究データを出さなければ学校に火を点けるとか、長谷川先生の住所を教えろとか、いまだにそんな電話が掛かってきます」

「長谷川先生個人の様子はどうでした？　何か言っていましたか――」

「自宅にもかなり電話が掛かってくると言っていました。もちろんその中には脅しの電話もあったようですし、共同で企業を立ち上げないかとか、おおむね学校に掛かってきたのと同じような内容の電話が、ひっきりなしに掛かってきて困っていると言っていましたね」

「そんな電話がのべつまくなしに掛かってきたら、家族としても大変だったでしょうね――」

海棠は、家族に同情しながら頷いた。

話を聞いている奈津名も、やはり同じことを考えていた。

電話を掛けてくる者は、受ける側の事情など考えないで勝手に掛けてくる。しかし、受ける側にしてみたら大きな迷惑だと思い、長谷川の家族に同情していた。

「会社から掛かってくる電話は、ほとんど昼間ですからまだいい。ただ、脅迫まがいの電話は深夜に掛かってくることが多く、子供さんがまだ小さいだけに、心配していたようです……」

「本人やご家族の気持ちはわかります。で、長谷川先生は自分の研究成果を、どこか特定の企業に売却するというような考えはなかったんですね」

海棠が再度確認した。

「さっきも言いましたが、長谷川先生は、まず自分の地元で地場産業を立ち上げたいと考えていたようですから……」

「先生は欲のない人だったんですね……ところで、先生の研究データとか、特許の管理は誰がしていたか、知りませんか。たとえば先生個人が管理していたのか、大学側が管理していたのか、その辺りはどうですか——」

「研究データや特許については、あくまでも長谷川先生個人のものですから、大学で保管していません。父親の市長が管理していたと聞いています」

緒田は言葉こそ丁寧だったが、突き放すような言い方をした。

3

「学部長さん、長谷川先生の奥様もたしかこの大学の出身だと聞いていますが、奥様はご存知でしょうか」

奈津名が、長谷川から妻紗世のことに話を移した。

「ええ、よく存じております。結婚式にも出席させていただきましたし……」

緒田が肯定した。

「率直にお伺いしたいのですが、奥様が個人的に恨まれているとか、嫌がらせを受けていたようなことは聞いていませんでしょうか」

「奥さんが、ですか。まったく聞いたことはないですね。いつも笑顔を絶やさない、明るくて活動的な女性で、たぶん、奥さんを知るひとで悪く言う者はいないと思いますよ」

「奥様と長谷川先生は恋愛結婚ですよね」

「恋愛も恋愛、ひとも羨むような大恋愛の末に結婚したんです。性格のおとなしい長谷川先生が、あんな美人の奥さんとよく大恋愛ができたと、話題になるほどでした」

緒田がはじめて表情を緩めた。

「そうでしたか……奥様の写真を見せていただきましたが、たしかにお綺麗な方ですね。あれだけの美人で、しかも性格が明るい方だと、他に結婚をしたいと望む男性は大勢いたでしょうね」

奈津名が世間話をするように話を続けた。

「学生時代はマドンナ的な存在だったですからね。心を寄せた男性は大勢いたと思いますよ」

「その男性の中でお付き合いを断られて恨んでいたとか、奥様のハートを射止めた長谷川先生に嫉妬していた男性に心当たりはありませんか」

「付き合いを断られて悔しい思いをしたとか、嫉妬していた者もいるでしょう。ただ、彼女の明るい性格からすると、殺されなければならないほど恨みを買うとは、どうしても考えられません……」

緒田が首を傾げた。

「そうですか。ところで、その話とは全然違うのですが、奥様の親友といいますか、学生時代から仲のよかった女性はご存知ありませんか」

奈津名が、真っ直ぐ緒田の目を見つめて確認した。

「親友ですか……彼女の周囲にはいろんな友達が集まっていましたからね。私は個人的なことは知りませんが、長谷川先生の同僚がいますので、聞いてみましょうか。何か知っているかもしれません……」

緒田が少し考えるような仕草を見せて言う。

「お願いします」

「わかりました。少々お待ちください。今本人を呼びますから……」

緒田が頷いてテーブルの上に備えてある電話で、石井という同僚を呼んだ。

その石井が応接室へ来るまでの間、海棠が代わって質問した。

「学部長さん、石油の生成が公表されたあと、企業からの問い合わせ以外に、長谷川先生を訪ねてきたような人はいませんでしたか――」

「マスコミをはじめ、当時はいろんな方がお見えになりましたからね」

「そうでしょうね。これだけ画期的なことを成功させたとなると、話題になるのは当然です。しかし、それほど話題になったにしては、ほとんどテレビなどで放映されていないと思うのですが、なぜなんですか？」

海棠は、毎日隈なく新聞を見る。時間があれば、できるだけテレビのニュースだけは見るようにしていた。

今までは細菌などの微生物について、まったく興味を持っていなかったから、記事やニュースを見逃したということがあるかもしれない。

しかし、大々的なニュースになっていれば、頭のどこかに残っている。

俺の記憶力が悪いのか、それとも大きなニュースにならなかったのか――海棠は、その辺りのことがどうしても納得できなかった。

「長谷川先生のところにマスコミが押しかけてきたのは事実です。しかし先生はマスコミの取材や企業などから面会を求められても、一切応じていませんでした。それに静かな環境で研究を続けたいという本人の強い要望もあり、大学側としても、先生のそうした気持ちを無にしてはならないと考え、記者会見などはすべてお断りしてきました」

緒田が事情を話した。

「なるほど――」

海棠は小さく頷いたが、まだ納得できていなかった。

テレビ局や新聞などの取材記者が、その程度の説明で取材を止めたり、諦めたりするだろうか。取材は聞き込みと同じ。もう少し粘っこく続けるはずだが――。

「長谷川先生は根っからの研究者です。マスコミに顔を出すこともあまり好きではありませんでした。金銭的な交渉をしたり、話をすること自体、苦手といいますか、不得意なんです。それで、さっきもお話ししたように、父親である市長が弁護士を通じて管理をさせていると聞いています」

緒田が、納得していない感じの海棠を見て、さらに説明を加えた。

「そうですか、弁護士が管理しているのですか……」

研究データや権利関係の書類を、事実上父親である市長が管理していたとなると、誘拐された理由としては辻褄が合う。

ということは、犯人の狙いがその研究データなどにあるのではないか――。

海棠は賢明な方法だと思いながら、いったん言葉を切り、さらに質問を続けた。

「テレビ局や、研究データを欲しがっている企業の他に、先生なり学部長さんを直接訪ねてきた者はいなかったですか」

「他にですか、特にはなかったと思いますが……いや、ちょっと待ってください。そう言えば私が応対したのですが、一度だけ長谷川先生の研究成果を出版させてもらえないだろうかと言って、訪ねてきた男性がいましたね……」

緒田が思い出したように話した。

「出版社の者が？　どこの出版社で何という担当の者が訪ねてきたか、具体的に名前は覚えていませんか」

海棠の頭に、ふと原発反対運動をしている『草の根みどりの会』の代表大塚啓一と繋がりのあった、栗原政輝のことがよぎった。

「あれはたしか……共学舎という出版社でした。そのとき会った人の名前はちょっと思い出せませんが、あのとき、たしか名刺をもらったので確認すればわかると思います」

緒田が記憶をたどった。

「是非確認をお願いします――」

海棠が言って、奈津名と顔を見合わせたとき、ドアがノックされて、白衣を着た男が緊張した表情をして入ってきた。

「刑事さん、先ほどお話しした石井先生です……」

と緒田が紹介して、殺された長谷川助教授のことで東京からわざわざ捜査にきているのだと、掻い摘まんで事情を説明した。

「………」

石井が黙って頷いた。

同僚の長谷川が突然不幸に遭ったことと、刑事に事情を聞かれるのが初めてだったからか、緒田に勧められるままソファーに腰を下ろしたが、緊張して顔を強張らせていた。

「それじゃ刑事さん、私は名刺を捜してきますので、石井先生と話をなさっていてください」

緒田がそう言って石井に頷きかけ、入れ替わりに部屋を出た。

ひとり応接室へ残された石井は、不安そうな表情をして奈津名の質問を受けた。

「お忙しいところ申し訳ありません。早速ですが、二、三お伺いさせていただきたいのですが、石井先生は長谷川先生や奥様のことはよくご存知ですよね」

「奥様のことについてですが、奥様の親友とか、特に仲のよかった方はご存知ありませんか」

「はい……」

「特に仲のよかった方ですか……そうですね、私が知っているのは辻有希子という女性です。学生時代から長谷川先生の奥さんとは非常に仲がよかったですね。学校を卒業してもずっと付き合っていると聞いています。結婚式にも出席していたし、司会まで引き受けていたくらいですから……」

石井が考えながら答えた。

「ツジユキコさんですね。どんな字を書くのですか？」

奈津名が復唱しながら、警察手帳に挟んでいるメモ用紙を差し出した。

「たしか、こうだったと思います……」

石井が胸のポケットからボールペンを取り出し、さらさらと漢字を書いた。

「わかりました。ところで、その辻有希子さんは今、どこに住んでいるか、連絡先などはご存知ありませんか」

奈津名が重ねて質問した。

二人の仲がそんなによかったのであれば、殺された紗世が誰にも話せないようなことを相談していた可能性もある。それに直接事件と関わりがなくても、事件に繫がるヒントのようなものが聞き出せるかもしれない。

奈津名は、是非彼女と会って、話を聞いてみる必要があると思っていた。

「住所は知りませんが、東京に住んでいると聞いています。連絡先はわかりません。奥さんの携帯電話に登録しているのではないでしょうか……」

「それが、まだ見つかっていないらしいんです。ご主人の携帯電話も失くなっているんです」

「失くなっている？　そうですか……それじゃ、家のどこかに結婚式の案内状を出したときの住所録があるはずですが、それもありませんか……」

石井が記憶をたどりながら話した。

「住所録ですね。わかりました、確認してみます。それでは、辻さんがどこに勤めているかご存知ありませんか」

奈津名が頷きながら、勤め先を確認した。

「外国製の服や小物を売っているアンティークの店を自分でやっていると聞いています。

たしか場所は品川だったと思うんですが……」

「辻さんは結婚なされているのですか？」

「まだ独身じゃないですかね」

「結婚していらっしゃらないのですか。何か特別な理由があって結婚なさらないのですか？」

「さあ、そこまではわかりませんが、本人は長谷川先生が学生の頃から好きだった。その相手を奥さんに取られたから結婚しないなんて、結婚式のとき、二人を前にして冗談のように言っていましたが……」

石井が表情を緩めて話した。

もしかして、本当に愛していたのでは――奈津名の本能がふとそう直感させた。

冗談ではなく、本音が出た可能性がないとは言えない。紗世と彼女の仲がよければ、それだけ一緒にいる機会は多かったはず。ということは、当然長谷川とも仲がよかったと見るべきだ。

たとえ長谷川は友達感覚であったとしても、会っているうちに、親友の彼を好きになったとしてもおかしくはない。

奈津名は、有り得る話だと思いながらさらに聞いてみた。

「つかぬことをお伺いしますが、石井先生は、有希子さんが長谷川先生を本当に愛していたと思いますか？」

「さあどうでしょう。愛かどうかは別にして、人間的に好きだという感情を持っていたんじゃないですか」

石井が首を傾げながら言う。

「そうですか……」

奈津名は頷きながら、女としての気持ちを考えていた。

親友が結婚した相手を真剣に愛していたとしたら、諦めきれないほど辛かっただろう。それでも自分の気持ちを抑え、顔に出さないで学生時代と同様、大の親友として付き合うというのは、なかなかできないこと。

しかし、逆に考えてみると、いつまでも昔の辛く苦しいことを忘れられないということになる。

長谷川夫婦が幸せであればあるほど、辛いはずだし、心の傷も深くなる。

考えすぎかもしれないけど、表向き割り切って、なんでもない振りをしているようでも、心の中で二人を恨んでいるかもしれない。もしそうだとすると、殺人の動機にはなり得る――。

奈津名は、可能性がないとは言い切れないと思っていた。

二人の話を黙って聞いていた海棠が、話が途切れたのを見計らって、割って入った。

「先生、一ついいですか。長谷川先生か、奥さんの周辺で、この数カ月の間に何か変わったことはなかったですか。たとえばおかしなことがあったとか、どんな些細なことでもいいのですが――」

「変わったこと、おかしなことですか……」

石井が考え込んだ。

「事件のことでなくてもいいんです。日常の生活の中であった出来事でも構わないし、どんな取るに足りないことでもいいんですがね……」

海棠が粘って聞いた。

「そう言えば長谷川が妙なことを言っていましたね……」

石井がふと思い出したように顔を上げて言う。

「妙なこと？　どういうことですか――」

海棠と一緒に奈津名も身を乗り出した。

「たしか一カ月くらい前だったと思うのですが、子供さんに突然リモコンカーが送られてきたそうです」

「リモコンカーが？」

海棠の脳裏に一瞬、柏崎原発の上空を飛んでいた飛行機のことがよぎった。

「ええ、消防自動車だったそうです。送り先は東京からで、まったく知らない人物だったそうです。それで送り主の名前を調べてみたそうですが、該当者は見つからなかったと言って、すごく気味悪がっていました」

「送り主がわからないということですか。で、それは一回限りで終わったのですか？」

「そんなことがあった二日後に、男の声で長谷川先生の携帯に、贈り物は受け取ったか、という電話が入ったそうです」

「男は、名前は言わなかったんですか」

「確認したが、名乗らなかったそうです。それで、贈り物など受け取る理由はないから、送り返すと言ったらしいのですが、長谷川先生のファンだから、そのまま受け取ってほしいと言って電話を切ったらしいんです。でも、その後は一度も玩具が送られてきたり、電話が掛かってくるようなことはなかったそうです」

「そうですか……」

海棠は話を聞きながら考え込んだ。

事件が起きる前に見ず知らずの者から贈り物が届き、電話が掛かってきたこと自体がおかしい。それに殺された長谷川助教授の携帯に電話が入ったことが気に入らなかった。

長谷川の様子を見ようとしていたのか、それとも、わざわざ玩具を送りつけてきたのは、何か特別な意味が隠されているのだろうか——海棠がそんなことを考えていたとき、再び緒田が名刺を持って戻ってきた。

4

「……警部、これがこれまでの聞き込みの結果です——」

海棠は奈津名と大学を出たあと、すぐ根岸のところへ報告のため電話を入れた。

——海棠、そのリモコンで操作する玩具の件だが、おまえが言ったとおり、テレビ局の爆破事件を除いたすべての現場で目撃されている。つまり犯人はリモコンの玩具にプラスチック爆弾を仕込み、遠隔操作をして犯行に及んだと考えられる。

根岸が東京で起きた事件と絡めて話した。

「やはり、東京と柏崎を結ぶ共通点が出てきたか……警部、俺が気になるのは、柏崎の原発の上空をリモコンで操作するラジコン飛行機が飛んでいたこと。それから、同時期に長谷川の家にリモコン付きの消防自動車が送られてきて、見ず知らずの者からわざわざ電話が掛かってきたことです――」

――そうだな、原発の上空にラジコン飛行機を飛ばした理由として考えられるのは、原発をいつでも狙えるという犯人の意思表示か、調査の目的があったのかもしれん。上空から写真を撮り、攻撃する目標を定めていたと考えてもおかしくはない。あるいは脅しだとも考えられる。

「脅し？　どういうことですか……」

海棠が険しい表情を見せて聞き返した。

――まだ『燃える星』と名乗る者の組織実態もはっきりしていない。いろいろ調べてみたが、全世界に『燃える星』と名乗るテロリスト組織はなかった。それに、銀行に二十億という金の要求があったことからすると、一応目的は金だと思われる。

「つまり、金を奪うためにあれだけの爆破事件を起こしたというのですか」

――それも一つの考え方だが、その後、銀行に対して具体的な指示も要求もない。言い換えれば、まだ証拠はないが、金以外にまったく異なる目的がある可能性も否定できない。

「なるほど……」

海棠が受話器を耳に当てたまま頷いた。

柏崎市長の誘拐と家族の惨殺は、あくまでも個人を狙った犯罪。それに比べ、東京で起きた事件は無差別なテロ事件。『燃える星』と名乗る者が犯行声明を出している。駅、高速道路、テレビ局、地下鉄が同時刻に爆破されたことを考えても、組織的な犯行と見るしかない。

しかし、長谷川市長と家族の事件とに、かすかだが接点が見えはじめた。事件が完全に結びついたとしたら、その目的は、殺された長谷川助教授の研究データにある可能性も出てくる――。

海棠は、そう推測しながら気持ちを引き締めていた。

――われわれの感覚で二十億という金は想像もつかない金だが、かりに長谷川助教授の研究が何百億、何千億の金を生むのであれば、犯人は当然、金になるほうを狙うはずだ。

そのために組織の力を見せつけ、恐怖を与えるために爆破事件を起こした。あるいは、警察の目を爆破事件や銀行に向けさせるための作為だった可能性もある。

「そうですね。でなければ研究の成果や特許関係の資料を保管していた市長だけが拉致されることはないですからね――」

海棠は根岸の話に納得した。

――それから、テレビ局の爆破事件で新たな情報が出てきた。

「と言いますと?」

――スタジオの出入口で死亡していた男のズボンのポケットからリモコンが発見された。それに検証の結果、爆発物が仕掛けられていた場所は、カウンターにほぼ間違いないという結論が出た。つまり、爆死した男がリモコンを操作して爆破させたが、結局、本人は逃げ切れず死亡したということだ。

根岸が検分の結果を伝えた。

「そうですか、で、その男の身元は割れたんですか――」

死亡した男の身元が割れれば、その男の交友関係や勤め先などから、『燃える星』についての手掛かりが掴めるかもしれない――海棠は、そう考えていたのだ。

——幸い身元が割れた。まだ容疑者としての公表はしていないが、事件のあったテレビ局に勤めていた男で、名前は福田杜夫、三十八歳。今月中に解雇されることになっていたらしい。

「テレビ局に勤めていたんですか……で、解雇の理由はなんだったんですか」

——仕事はそこそこにできる男だったらしいんだが、常に不満を持っていて、他の社員との協調性がなく、上司に反抗的な態度を取っていたらしい。それから、金にルーズなところがあり、街金融でかなり多額の借金をしていて、会社の同僚に迷惑をかけていることなどが解雇の理由だそうだ。

根岸が解雇の背景を簡単に話した。

「金ですか……警部、なぜそんなに金が必要だったんですかね」

借金を抱え、返済に困って犯罪に加担したとすれば、目的は金。『燃える星』と名乗る組織の構成員が、そんな連中ばかりだとすると、やはり犯行目的は金以外にない——海棠は改めて犯行の動機を探っていた。

——まだはっきりしたことはわからないが、男も女も含めてタレントと派手に遊び回っていたらしい。それに競馬好きで、かなり金を注ぎ込んでいた。しかもその借金のことで、上司から再三注意されていたようだ。今、捜査一課が福田の交友関係や金の面を洗っている。

「そうですか――」

海棠は、金と局側に対する恨みが背景にあるのかと思った。

自分の悪いところを棚に上げ、注意された相手を逆恨みする。借金を重ねた挙げ句、どうにもならなくなって犯罪に走る。よくあるパターンだ。

ただ、身動きが取れないほど借金塗れになっている者が、確固たる思想信条を持って政府を批判したり、原発の反対運動や環境保護活動をしているとは思えない。

やはり金が目的だったと考えるしかない。長谷川助教授の研究データを手に入れて売り捌けば、想像もつかないほどの金が手に入ると聞かされ、犯行に加担した可能性もある。

海棠は自分の中で確信しながら、気になっていることを話した。

「警部、共学舎の栗原が、長谷川助教授が勤めていた大学の学部長のところに、石油を作り出す微生物のことについて、その研究成果を出版しないかと話を持ちかけているんです」

――出版の話をか……で、長谷川助教授はその話を知っていたのか――。

「ええ、知っていたようです。しかし、長谷川助教授は出版を断ったそうです。ただ、俺が気になるのは、原発の反対運動をしている大塚啓一と繫がりのある栗原と接点が出てきたということです」

──それで？

「栗原が長谷川助教授の研究に関心を持っていたことは、出版の話を持ち込んだことから明らかです」

──そうだな……。

「栗原が長谷川助教授に会いに行った本当の理由は、出版依頼ではなく、様子を探るためではないかと考えてみたんです。俺たちは、市長と弁護士が長谷川助教授の研究データなどを保管していることを聞き出すことができましたが、栗原も同じ話を聞いている可能性はあります」

海棠が自分の考えを率直に話した。

──たしかに、おまえの言うとおりだ。かりに栗原が今度の事件になんらかの形で関わっていたとすると、市長だけを拉致した理由も説明がつくな……。

根岸も電話の向こうで、海棠の話に同調した。

「『燃える星』と名乗る者たちの最終目的が、研究データにあるとしたら、栗原や爆死した福田杜夫の交友関係から、必ず組織に繋がってくると思うんです」

――わかった、栗原の周辺をもう一度徹底的に洗い直してみる。海棠、おまえたちは引き続き、長谷川助教授のデータを管理していたという弁護士を捜し出して確認してくれ。

根岸が海棠の言葉を受けて、指示を出した。

「わかりました。それから警部、もう一つ頼みがあるのですが、長谷川助教授の奥さんと大の親友だった辻有希子という女がいるんですが、その女を捜してほしいんです」

海棠が言った。

――大の親友？　で、女の住所は。

「東京の品川とだけしかわかっていません。こっちも住所については調べてみます。その辻有希子という女性は、品川で外国の服や古い物などを売っているそうですが、店名などは不明です」

――品川だな。

「はい、もしかしたら運転免許証を持っているかもしれませんし、古い物を扱っているとしますと、古物営業の許可を取っているかもしれません」

──わかった。早急に調べてみる。おまえたちも注意して聞き込みを続けてくれ。また新しい事実が出てきたら連絡する。

根岸がそう言って電話を切った。

「奈津名、柏崎へ戻るぞ──」

海棠は声を掛けて、再び車を飛ばした。

5

柏崎に戻った海棠と奈津名は、柏崎西警察署へ直行した。静岡を出る前、警備課へ連絡をしていたのだ。

「ご苦労さんです。車での移動は大変だったでしょう」

課員が声を掛けながら、腰を下ろした二人の前にアイスコーヒーを淹れて持ってきた。

「こんな遅い時間まで待ってもらって、申し訳ありません……」

奈津名が時間を確認して頭を下げた。すでに午後十時を回っていた。

「いえ、こうして東京からわざわざ捜査に来ていただいているんですから、協力するのは当然です。あ、それから警部もすぐ部屋へ戻ってきますのでもう少しお待ちください」
課員が恐縮したように言って、自分も椅子に腰を下ろした。そして、海棠たちが喉を潤したのを見て話しかけた。
「警部補から電話をもらってすぐ、市長の秘書の宮永さんと会い、顧問弁護士の名前を確認してみました」
「手間を取らせました。それで、弁護士はわかりましたか」
海棠が頭を下げながら、結果を確認した。
「東京の弁護士さんでした。これが名前と住所です」
課員がメモを海棠に手渡した。そのメモには、
『内村法律事務所
弁護士　内村昭典
事務所所在地
東京都千代田区九段北三—二—四
電話　〇三—五二五一—×××』
と書かれていた。

「ありがとうございます。これはいただいていいですか――」

海棠が言いながら内容を確認して、そのメモを奈津名に手渡した。

「どうぞ……」

課員が頷いた。

「ところで秘書の宮永さんと、明日会わせてもらうわけにはいきませんか」

海棠は直接本人に会って、話を聞いてみたいと思った。

もちろん捜査一課の者は、すでに事情は聞いているだろう。だが、それはあくまで誘拐と殺人事件についての捜査である。テロ行為を主にした聞き込みとは違う。

捜査の目的が違うだけに、何か聞き漏らしていることがあるかも知れない。念のため確認しておく必要はある。

秘書という職業柄、いつも市長の傍にいて仕事をしている。いわば市長の分身みたいなもの。善いことも悪いことも把握しているはず。

おそらく外部に出せないような情報も持っている。その情報の中から『燃える星』に繋がるようなヒントが出てこないとも限らない。

「わかりました。朝いちばんに連絡を取ってみます。それから話は変わりますが、長谷川助教授の奥さんの親友だった辻有希子さんの件ですが、結婚式のときの写真を借りてコピーしておきました」

課員が立ち上がり、自分の使っている机のところまで引き返した。そして、机の上に置いてある茶色の角封筒を手にして戻ってきた。

封筒の中には、結婚式に参列した親族や友人、知人などが写っている写真と引き伸ばした辻有希子の顔写真が入っていた。

「助かります――」

封筒から取り出した写真を受け取った海棠の目に、鼻筋の通った美しい女の顔が飛び込んできた。

なるほど、この女性が辻有希子か――殺された長谷川助教授の妻もなかなかの美人だったが、辻有希子はそれ以上にもっと美しい感じの女だった。

これほどの女がまだ独身だとは……いや、美人だけに理想が高すぎて結婚できないのかもしれない。しかし良い女だ――。

海棠は、一瞬写真の有希子から見つめられているような錯覚を覚えた。

大きな二重瞼の目が特に印象的で、じっと写真の顔を見つめているだけで、胸がどきどきしてくる。そんな妖しい魅力を感じさせる女だった。

奈津名は写真を見つめながら、海棠とはまた違った印象を感じていた。たしかに女の自分から見ても、お世辞抜きに美人であることは認める。だが、どこか気に入らなかった。

有希子の美しさに女として嫉妬していたわけではない。どこがどうというわけではなかったのだが、なんとなく冷たい感じがしていた。

「この中に、長谷川助教授の幼馴染みだった長沼雄二さんはおられますか？」

奈津名が写真から目を外し、顔を上げて聞いた。

「この人です。辻有希子さんの隣に立っている男性が長沼さんです」

課員が、奈津名の手元を見つめながら指差した。

「この方が長沼さんですか。辻有希子さんとはもちろんお知り合いですよね……」

「どこまで親しい仲かはわかりませんが、長谷川助教授と奥さんの親友同士ということもあって、仲はよかったみたいですね。結婚式のときも二人で相談しながら、段取りを決めていたようですから」

「そうですか……」

奈津名は、辻有希子に会って話を聞けば、もっと手掛かりが摑めるかもしれないと思っていた。

警部が部屋へ戻ってきたのは、そんなときだった。

「また、お邪魔しています」

奈津名が先に挨拶して、海棠も頭を下げた。

「ご苦労さん、静岡での聞き込みはどうでした。何か収穫はありましたですか――」

警部が自分のデスクへ戻りながら聞いた。

「お陰様で、いろいろ参考になる話を聞くことができました。まだ確証があるわけではありませんが、誘拐殺人事件と東京で起きた爆破事件は繋がっているかもしれません――」

犯行の目的が長谷川助教授の研究データにある可能性が出てきたこと。東京の事件にリモコンカーが使われたこと。それと同種の玩具が突然長谷川助教授のもとに偽名で東京から送り付けられていたことなど、海棠は掻い摘まんで要点のみを話した。

「まさかとは思っていたんですが、そうですか……」

警部が眉間に深い縦皺を作って考え込んだ。

犯人の目的が研究データにあることは頷ける。微生物を利用して石油ができるのであれば、その細菌を培養していけば莫大な利益を手に入れることができる。だとすれば、その利益を狙ったとしてもおかしくはない。

しかし、かりにそうだとしても、市長や家族の誘拐殺人事件は、東京の事件が起きる前に実行されている。

すでに市長を拉致した時点で犯人側の目的は達成しているはずだ。それなのに、なぜあれほど残虐な無差別テロを引き起こしたのだろうか——。

警部は納得がいかなかった。犯人側が何らかの理由で、刈羽の原発を攻撃するような事態を起こすことが、いちばん心配になっていたのだ。

「気になるのは、刈羽の原子力発電所の上空を、リモコンで操作するラジコン飛行機が飛んでいたことです。原発がいかに強固な材料で造られていたとしても、飛行機にプラスチック爆弾を搭載して突っ込ませれば、防ぎようがありません——」

海棠はどうしてもそこのところが気になっていた。

「それに関連するかどうかわからないんだが、今、捜査一課の刑事官と話をしていたんです。長谷川助教授の幼馴染みである長沼さんだが、オーストラリアに行っていない可能性が出てきた——」

警部がさらに険しい顔をして話の矛先を変えた。

「どういうことですか、ダウン症の子供の治療を兼ねて、オーストラリアへ行くために会社を休んだのではなかったんですか……」

海棠と、横で黙って話を聞いていた奈津名が、怪訝な眼差しを向けた。

「私もたしかにそのように聞いた。長沼と奥さんの実家に長沼本人からオーストラリアへ子供をつれて行くという連絡が一度あったそうだが、その後の連絡はまったくないらしい」

「………」

もしかして長沼の家族も犯人に狙われたのでは――海棠と奈津名は、最悪な事態を想像した。

「奥さんはダウン症の子供のことで、ずっと悩んでいて、ほぼ毎日自分の実家に電話をしていたようだ。ところが長沼からの電話があっただけで、奥さんの声は聞いていないそうだ」

「毎日、実家のお母さんに電話を入れていた奥様が、電話を入れないというのはおかしいですね……」

奈津名は不審に思った。

実際にダウン症の子供を抱えている母親は、肉体的にも精神的にもくたくたになるほど疲れ切っている。

他人には言えない苦労をひとりで抱え込んでいる。だからこそ、毎日自分の母親に電話をしていたのだと思う。

子供のためにオーストラリアへ行ったのであれば、当然イルカと遊んでいる姿などを報せたいはず。

母親も心配していると思えば、電話の一本も入れるのが普通だと思うが——。

奈津名は、さらに警部の話に耳を傾けていた。

「たしかに考えてみると、おかしなことばかりだ。奥さんの実家はもちろん、ご主人の実家にも、オーストラリアへ行って子供をイルカと遊ばせてやりたいとは話していたが、いつから旅行へ行くとか、奥さんの口からは一言も出ていない。常識的に考えて、まず不自然と言わざるを得ない」

「そうですね……」

奈津名が警部の話を聞いて、大きく頷いた。事件の臭(にお)いがすると思っていた。

「警部、捜査一課はどう見ているんですか?」

海棠も、長沼が原子力発電所に勤めていたことや、殺された長谷川助教授の幼馴染みであり、親友だったことを考え、やはり事件性を強く感じていた。

「長沼と家族は、もしかしたら市長と同じように誘拐された可能性もある。いま足取りを追っているところだが、県警本部から全国の国際空港に、長沼及び家族が出国しているかどうか照会した結果、いまのところ出国の確認はされていない」

「出国していないということですか……」

奈津名が表情を硬くした。

「そのようだ。それで念のため、長沼の両親に立ち合ってもらい、家を調べてみたところ、たしかにパスポートも旅行用のバッグもないし、それぞれ家族の着替えの服や子供の服も一部失くなっている。ところがキャッシュカードと現金が約三万円入った財布が残されていた」

「財布だけがあったんですか……」

「いつも持ち歩いていたバッグの中にそのまま残っていた。それで、銀行から旅行に必要な現金を引き下ろしているかどうか確認したところ、現金が下ろされた形跡はなかった」

「日頃、ある程度の現金を家に置いていたということは考えられませんか――」

奈津名が聞いてみた。

「両親の話では、子供に金がかかり、生活はぎりぎりだった。時々、双方の親が生活費を援助していたくらいだ。とても余分な現金を貯え、家の中に置いておく余裕はなかった。そんな状態だったと言っている」

警部は、奈津名の言葉を否定した。

「金を持たないで旅行に出掛けるというのもおかしな話だ。財布を持って出なかったというのも不自然ですね――」

通常ならまず有り得ないことだ。

かりに奥さんと子供が誘拐されたとすると、パスポートや旅行鞄、それに着替えが失くなっているということは、犯人が偽装した可能性もある。

しかし、なぜ長沼と家族が犯人に狙われなければならなかったんだ――。

海棠は、長沼が一連の事件とどう関わっているのか、そこが知りたかった。

「捜査一課も、その点を重視して捜査を進めているんだが、まったく足取りは摑めていない……」

警部が眉根を寄せた。

「警部、気になるのは、長沼が原子力発電所に勤めていたということです。犯人が家族を人質に取り、長沼に何かをさせたのではないですかね」

「何かをさせた？」

「たとえば、長沼は技師ですよね。こんなことは考えたくないのですが、爆薬を原子力発電の重要な部分に仕掛けたとか――」

「奥さんと子供さんを人質に取って、無理やり長沼を動かしたということか……有り得るな」

警部が表情を強張らせた。

「警部、無駄になるかもしれませんが、何か事が起きてからでは取り返しがつきません。東京で起きた爆破事件は、Ｃ４というプラスチック爆弾が使われています。念のため、発電所を調べることはできませんか」

海棠が最悪な事態を考えながら提案した。

「わかりました。署長とも相談して、早急に原子力発電所の所長の協力を要請してみます――」

警部は事の重大性を考えて、海棠の意見をすぐに受け入れた。

6

宿泊先のホテルへ戻った海棠は、すぐ根岸に電話を入れた。そして、長沼とその家族が失踪したらしいことを報告した。

——ちょっと待て、親子三人が行方不明になっていると言ったな。

根岸が、海棠の話を聞いて声を強張らせて確認した。

「はい……」

海棠が受話器を耳に当て直した。

その様子を黙って見ていた奈津名も、耳に神経を集中させて、海棠の顔にじっと目を凝らしていた。

——今朝、荒川貯水池のすぐ傍にある秋ヶ瀬取水堰で、かなり腐乱が進んでいる男の遺体が、そして青梅市の多摩川にある小作取水堰から女と子供の腐乱しかけた遺体があがった。

「取水堰からですか。まさか、その三人の遺体が、長沼と家族のものだったのでは……」

海棠の顔色が変わった。

——いや、まだ身元の確認はできていない。

「で、死因はなんだったんですか——」

海棠が、受話器を握り直して聞いた。

——可哀相に、子供は首を絞められていて、女は拳銃で頭を撃ち抜かれていた。それで、母親が子供を絞め殺し、銃で自殺を図った。つまり無理心中かと思われていたのだが、銃弾が前頭部から後頭部に抜けていたこともあって、女も殺されたと断定された。

「殺されたんですか……」

海棠は思わず息を飲んだ。

たしかに銃で自殺をする場合、こめかみを横から撃ち抜くか、喉や口に銃口を当てて引き金を引く。銃口を前頭部に密着させて引き金を引こうとすれば、銃を逆さまに持たなければならない。

それに、前頭部に銃口を密着させると、拳銃が見える。人の心理として、凶器が見えると強い恐怖心を感じる。そんな状態で引き金を引くのは難しい——海棠は、根岸の説明に納得した。

――まず間違いない。それから、発見された男の遺体は、やはり女と同じく前頭部から撃ち抜かれていた。しかも使われた銃の口径は、双方の銃創痕から三十八口径だと考えられる。

「同一犯の可能性もあるんですね……」

――その可能性は十分考えられる。長谷川助教授たちが撃たれたときに使われた銃も、三十八口径のものと断定されている。いまのところ、堰で発見された男女の遺体から銃弾は発見されていない。線条痕を比較し同一の拳銃であると断定することはできないが、少なくとも三十八口径の拳銃が使われたという共通点が出てきたこともたしかだ。

根岸は、銃の口径から同一の犯人の仕業である可能性を示唆した。

海棠の傍らで、断片的に話を耳にしていた奈津名も考え込んでいた。

旅行に行ったはずの長沼親子の遺体が、東京近郊の取水堰から発見されたのだとすると、なぜ、新潟から東京方面へ連れてこられ、殺され捨てられたのだろう。

何かそこに特別な意味があるのだろうか。犯人はできるだけ遠くへ遺体を捨てようと思ったのか。あるいは、取水堰ならあまり人がいないから、発見されにくいと考えて捨てたのだろうか――。

奈津名はあれこれ考えながら、さらに聞き耳を立てていた。

「警部、被害者の顔は確認できますか。もし確認できるのであれば、長沼本人の写真が手元にありますので、すぐに送ります。それから夜が明け次第、奥さんの写真を借りてきて送りますが……」

――かなり腐敗は進行していたらしいが、確認できなくもないだろう。すぐ所轄署から被害者の写真を取り寄せるから、おまえが持っている長沼の写真を送ってくれ。

根岸が指示した。

「わかりました。すぐ手元にある写真を奈津名に送らせます――」

海棠が奈津名に視線を送り、小さく頷きかけた。

「…………」

奈津名も頷き返しバッグに手を伸ばした。そして、所轄の警備課員からコピーしてもらっていた顔写真と携帯電話を取り出し、送信の準備を始めた。

――それからもう一つ。辻有希子の件だが、運転免許を持っていた。それで身元が割れた。ただ、免許証に書かれている住所はたしかに品川だったが、現在そこには居住していない。

「移転しているということですか。で、店を持っていると言っていたのは——」

——免許証の住所はその店の所在地だった。たしかに外国からの輸入品を扱うアンティークの店を開いていたようだが、もう一年以上も前に潰している。

「倒産していたんですか。原因はなんだったんですか」

海棠が頷きながら聞き返した。

——話によると資金繰りに窮したということらしい。銀行からの運転資金の融資を止められ、倒産したということだ。いまのところ本人がどこに住んでいるか確認できていない。

「行方不明ということですか……」

——借金がかなりあって、高利の金にも手を出していたそうだ。おそらく厳しい取り立てをされ、止むを得ず姿を隠したのではないかとの噂もある。

「警部、彼女と付き合っていた男はいなかったんですかね」

海棠は、やはり銀行の貸し渋り、融資の停止が倒産の引き金になったのかと思いながら聞いた。

——付き合っていたかどうかはわからないが、比留間英友という四十五歳の男で、コンサルタントを業としている者がよく彼女の店に出入りしていたようだ。しかも本人は、辻有希子の連帯保証人になっていたらしい。

「コンサルタントをやっている男で連帯保証人に、ですか。で、どれくらいの借金があったんですか」

――金融業者の話では、高利の金だけで少なくとも一千万を超えているんじゃないかということだ。それも十日に一割とかそんな金ではない。十日に三割とか五割とか、信じられない高利の闇金融に手を出していたらしい。

一千万を超える金を借り、十日に三割も五割も利子がつけば、利子が利子を産み、いっぺんに借金は膨れあがる。

そんな高利の金に手を出しているのであれば、絶対に支払いは不可能。夜逃げするか破産するしかない。

そんな金の借り方をしている辻有希子の連帯保証人になっていたという比留間という男も、おそらく返済はできないだろう――。

そう考えた海棠がさらに確認した。

「警部、比留間と連絡は取れたんですか――」

――いや、その比留間の所在もわかっていない。家族とは二年前に離婚していて、辻有希子同様、住所はそのままにして姿を消している。金融業者は、二人が一緒に逃げているのではないかと見ているようだ。

「借金を抱えたまま逃げているとしたら、二人は何が何でも金が欲しいはずです。警部、まったく確証はないし、うがった考えかも知れないですが、今度の事件にその二人が関わっているとは考えられませんか――」

海棠は二人のことが妙に気になった。

――辻有希子と比留間が？

根岸が怪訝そうな声を返してきた。

「これはあくまでも俺の勝手な想像、推測なんですが、辻有希子は、殺された長谷川助教授の奥さんをよく知っています。だとしたら、助教授の研究がどれほど莫大な金になるかもわかっているはずです」

――うん……。

「しかも、借金で抜き差しならないところまで追い込まれていたとすると、背に腹はかえられません。たとえ相手が親友であったとしても、どうしても金が欲しければ、事件を起こす可能性は否定できないと思うんです」

——有り得る話だな……。

「比留間という男は、彼女の連帯保証人になっています。つまり、辻有希子の借金は自分の借金と同じです。その金を払うためにはもちろん金が要ります。いまは独身の二人が一緒に逃げているとすれば、当然、男と女の特別な関係にあると思いますし、だとすると彼女が比留間という男に、長谷川助教授の研究成果を話している可能性は十分あると思うんです」

海棠は自分の考えを率直に伝えた。

——なるほど、金が人を狂わせたということか……。

「経営コンサルタントという仕事をしていれば、金に困った者が大勢相談にきていたはずです。そんな連中に金儲けの話を持ち掛ければ、なかには話に乗ってくる者はいると思うんです。それに辻有希子は、いま行方がわからなくなっている長沼や、家族とも知り合いです。これも仮定の話ですが、彼女は学生時代からずっと長谷川助教授に対して、特別な感情を抱いていたようです。ところが、長谷川助教授は彼女と結婚はしなかった。表向き、平気な顔をして結婚式に出ていても、本心は穏やかではなかったと思うんです」

——犯行の動機にはなり得るな。

「辻有希子は仕返しを考えて、長谷川助教授の研究データを盗もうとした。そのことを長沼に気付かれたとしたら、殺害の動機が出てきます」

——なるほど……。

「そこで奥さんと子供さんを誘拐し、長沼を脅した。長沼は二人が人質に取られていたために、彼女の言うことを聞くしかなかった。それで、子供の病気を理由にしてオーストラリアへ行くと長沼に電話を掛けさせた。そう考えれば辻褄は合います」

海棠の話を聞いていた奈津名は、海棠の言葉に共感した。

心から愛していた相手が自分を選ばないで、親友を結婚相手に選んだとすると、一時は立ち直れないほど深く傷ついただろう。

愛が強ければ強いほど、大きければ大きいほど、逆に、その愛が憎しみに変わったとき、女は豹変する。

警部補の言うとおり、平気な顔をして笑顔を見せながら完全に諦めたように振る舞い、仕返しのチャンスを狙っていたのかもしれない。

そこにもってきて借金に追われ、どうにもならなくなって、比留間という男を誘い込み、犯行に及んだ。そう考えれば納得できる——。

奈津名は女の立場から、事件の流れを推測していた。

——たしかに考えられる。わかった。海棠、おまえたちは辻有希子が、事件の前に長谷川助教授や長沼、および家族のところに姿を見せていないかどうか調べてみてくれ。

「はい」

——私は比留間という男についてもっと詳しく調べてみる。過去がはっきりすれば、交友関係なども必然的に見えてくる。

「ええ」

——人の繋がりを中心に、徹底的に調べるんだ。

「そうします」

——いいか海棠、相手は銃を持っている。おまえや奈津名が自分のことを調べていると知ったら、いつ、どこで襲ってくるかもしれない。絶対に気を抜くな。くれぐれも注意するんだ。

根岸が電話を切った。

7

「警部補、さっきの話ですが、私も辻有希子には犯行の動機があると思うんです」

奈津名が座り直して、電話を切った海棠に話しかけた。

「おまえもそう感じたか――」

海棠が小さく頭を振って、視線を落とし、考え込んだ。

「愛を踏みにじられた女は恐いですからね。人にもよりますけど、女の執念というのはすごいですよ」

奈津名が真剣な眼差しを向けた。

「わかったようなことを言うじゃないか」

眉間に縦皺を寄せた海棠が顔を上げた。

「警部補は、私を女と認めていないようですけれど、これでもひとりの立派な大人の女です。女性の気持ちは警部補よりわかります」

奈津名がちょっと抵抗し、反発を見せた。

「バカ、自分で自分のことを立派な大人の女だと言う奴がいるか。おまえはどこからどう見ても女だ。男には見えん——」

海棠がぶっきら棒な言い方をしながら、苦笑いした。

「ほら笑っているじゃないですか」

奈津名が膨れっ面を見せた。

「なんでもいい、それより話の続きをしろ」

「警部補が話の腰を折ったんじゃないですか」

「わかった、わかった。女の執念が、なぜすごいんだ——」

海棠が苦笑しながら聞いた。

ああ言えばこう言う。いったん反発しはじめたら、なかなか引かない奈津名の性格がわかっていただけに、海棠は自分から一歩引いた。

「そんなに私の言うことがうるさいですか。同じ言葉を二度重ねて言われると、本当にバカにされてるみたいじゃないですか。男の警部補には、女の本心や微妙な女心など理解できないでしょうけど、私は女だから同性の気持ちは理解できます」

奈津名が不満そうに言った。

「悪かった、俺が言いすぎた。たしかに俺は愛だとかなんだとか正直なところ苦手だし、女の気持ちはわからん。だから俺がわかるように話してくれ」

「はじめからそう言えばいいのに……いいですか、警部補。男の人は、愛に命を懸けられますか？　愛より仕事を中心に考えるのではないですか。もちろん、日本の社会が男社会ですから、それも仕方がないとは思いますが、女は愛に命を懸けられるんです」

「愛に命を懸けられるか……それで？」

「女性は自分から付き合っている相手を見限って別れるときには、とても冷たくなります。でも、逆に愛していた男性から突き放され、破局を迎えたときは、強い恨みを抱くことがあるんです」

「うん……」

「もちろん、ひとそれぞれですし、女性にもいろいろな性格のひとがいます。だから、考え方も行動もすべて違うと思いますが、私の同級生で、心から愛していた男性に捨てられ、相手を刺して自殺した女の子がいるんです」

「そういうこともあるだろう」

海棠が小さく頷きながら耳を傾けた。

聞き込みをするとき、奈津名はいつも黙って相手の話を聞くことが多い。だからいったん話をはじめると、胸の中に溜まっていることをすべて吐き出すまで止まらない。

そのことがわかっているだけに、今度は海棠が耳を傾けた。

「私が言いたいのは、辻有希子は長谷川助教授を愛していた分、その愛を憎しみに変えていたのではないかと思うんです」

「つまり根に持つ性格だと言うんだな」

「そう思います。彼女が本当に学生の頃から長谷川助教授を愛していて別れたのなら、なかなか助教授の前に顔を出せないと思うんです」

「なるほど」

「結婚式のときに司会まで引き受けて、笑顔を見せていた。でもその裏では、たぶん泣いていたはずです。彼女の笑顔は、激しい憎悪の裏返しだと思えてならないんです」

「笑顔は憎悪の裏返しか……もしおまえの言うとおりだとすると、徹底的に辻有希子を調べてみる必要があるな」

海棠は自身も奈津名と同じように考え、疑っていたこともあって、今度は素直に言葉を受け入れた。

「女は男の人が思っている以上にしたたかですからね。善いことでも悪いことでも、そうした環境に置かれれば、相手次第でどのようにも変われるし、また変わるものなんです。割り切り方も早いし非情にもなれる。それが女の特性なんです」

奈津名が激しい口調で、女心を話した。

「だから、おまえも含めて女は恐いんだ」

「茶化さないでください。私は真面目に話しているんですから……」

奈津名が怒ったような顔をした。

「悪い、悪い……しかし奈津名、まだ辻有希子が事件に直接関わっているかどうか、確証があるわけではない。いまのところは、あくまでも俺たちの推測にすぎん」

海棠が慎重な姿勢を見せた。

「それはそうですが、人の繋がりからしても、また金銭的に追い込まれていることからしても、彼女を疑う条件は揃っています」

「俺はおまえの考え方を否定しているんじゃない。確証を摑む必要があると言ってるんだ。長谷川市長が誘拐され、家族が殺された。そして今度は長谷川助教授と仲の良かった長沼と家族が殺された。こんな偶然があるとは思えない」

「ええ」

奈津名が頷いた。

「長谷川助教授たちと長沼たちの殺害に使われた拳銃は、いずれも三十八口径だった。もちろん女の辻有希子でも、三十八口径の銃なら十分使いこなせる。だが、これまでの聞き込みからはっきりしていることは、銃にサイレンサーが装着されていたということだ」

「………」

「素人が人を殺傷する目的で銃を手に入れたとしても、まずサイレンサーは使わない。つまり、犯人がサイレンサーを使ったということは、ある程度、銃に対する知識を持っていると考えられる。それに実際に射撃の訓練をしていなければ、頭を狙って撃つことは、まずできないだろう――」

「辻有希子が過去に射撃の訓練をした経験があるとか、銃を扱っていた事実を摑むしかないということですか」

「もちろん本人が銃を扱った経験がなくても、本人の周囲にいる連中、たとえば一緒に逃げていると思われる比留間という男や、他に繋がりのある連中の中に経験者がいる可能性もある。今度の事件で長谷川市長の家が襲われたときの状況を見てもわかるが、靴跡などから複数の男が動いている可能性は高い」

海棠が事件現場を頭に思い浮かべながら説明した。

「そうですね……、もし長沼さんや家族の誘拐に絡んで、比留間という男の目撃証言が出てくれれば、すべての事件に彼女が繋がっていると見ていいですね」

奈津名のなかにある、有希子への強い疑いが、いつしか断定へと移行していた。

「警部のほうで、比留間の過去については詳しく調べてくれるそうだ。俺たちがここでやらなければならないのは、長沼と家族の動きだ。もっと聞き込みを徹底すれば、必ず接触した相手の姿が見えてくる」

「はい……」

「犯人が長沼と家族を狙ったのには、それなりの理由があるはずだ。その理由がはっきりすれば、必然的に背後関係と、事件の本質が見えてくる」

海棠は頭の中で、事件の経過と人の繋がりを、もう一度整理していた。

いまのところ両方の被害者と接点があるのは辻有希子だけだ。しかも彼女は長谷川助教授の研究データが、いかに莫大な金になるかをよく知っている。

現在一緒に逃げている比留間という男を誘い込み、その比留間の顔で仲間を集めて今回の事件を起こした。

犯行の動機は金。いや、金と恨みという可能性もある――海棠がそう考えていたとき、奈津名がまた話しかけた。

「警部補、どうしてもわからないこと、納得できないことがあります。長沼さんはともかくとして、なぜ奥様や子供さんまで、犯人は殺さなければならなかったのですか。長谷川助教授の研究とはまったく関係はないと思うのですが……」

「本当のところはわからん。長沼が犯人に対する重大な何かを知っていた。その事実を口止めするために奥さんと子供さんを誘い出し、人質に取った。だが、顔を見られているから殺すしかなかった。そう考えれば、長沼と面識のある者が、犯人の中にいたということになる」

「顔見知りですか、考えられますね……」

奈津名が、なるほどというふうに大きく頷いた。

「それからもう一つ、俺が気になるのは、長沼が原子力発電所に技師として勤めていたことだ。『燃える星』と名乗る者たちが原発を狙っている可能性がある。それは犯行声明でもはっきり出ているし、俺たちが、この柏崎へ捜査に来たそもそもの理由はそこにある」

東京と新潟の事件が一本の線で繋がりはじめた。それだけを考えても単純な事件ではないことがわかる。しかし、まだはっきりしているわけではない。犯行の動機も一つではなく、複数の動機が重なり合っている可能性もある。

海棠はそう考えながら、事件の共通点を頭の中で探っていた。

「警部補、長沼さんの家族はなぜ堰に捨てられたのですかね。犯人の思い付きで捨てたとも考えられますが、私は堰に遺体を投げ捨てたことに、何か理由があるのではないかと思えてならないんですが、考えすぎでしょうか……」

奈津名が首を傾げながら訊ねた。

「堰に遺体を捨てたことに意味があるというのか――」

海棠はそこまで考えていなかった。

「長沼さんと奥様たちが別々の堰に捨てられていたということは、少なくともダムや堰のある場所を知っている者。つまり土地勘があると考えていいのではないでしょうか」

「なるほど、ダムや堰のある場所に土地勘がある者が、犯人の中にいるということか……」

海棠は、奈津名の言葉が、胸の中で引っかかった。

「それからですね、長谷川市長は息子さんの研究データを、弁護士の内村昭典に保管させていたと言っていましたよね。だったら犯人はなぜ弁護士を襲わなかったのですかね」

奈津名がさらに続けた。

「弁護士か、たしかにそうだな……」

海棠も奈津名の言葉を受けて、大きく頷いた。

「内村弁護士ならすべての研究データのことを知り得る立場にあります。ただ、データを銀行などの貸金庫に厳重に保管していて、市長が自ら鍵を持っていたとしたら、市長だけを殺さないで誘拐したという理由が説明できます」

「奈津名、おまえは弁護士の内村が事件に関わっていると見ているのか――」

海棠が念を押すように確認した。

「その可能性はあると思うんです。犯人があれだけ手際よく市長を拉致したということは、狙いは初めから市長にあったと考えられます。だとしたら内部事情に詳しい者が、今度の事件に関わっていると思うんです」

「うん……」

「常識的には、研究開発者である助教授を誘拐するはずです。しかし現実には殺しています。つまり、犯人は研究データさえ手に入れればよかった。そうは考えられませんか」

「その事情をいちばんよく知っているのは市長と助教授を除けば、内村弁護士です。その内村弁護士だけが襲われていないというのは、おかしくありませんか」

「なるほど」

奈津名が自分なりに分析しながら話した。

「たしかにおまえの言うとおりだな。わかった。いずれにしても、今日はもう遅い。部屋へ戻って寝ろ」

海棠がちらっと腕時計に視線を落として言う。

「わかりました――」

奈津名はもっと話したかった。頭が冴えて眠れそうになかったが、明日のことを考えて素直に頷いた。

8

深夜の一時すぎ、部屋へ戻った奈津名は、早く汗を流しすっきりしたかった。

海が近いせいか、汗がねっとりと体にまとわりついている。そんな感じがしていたのだ。

事件のことばかりを考えていたから、まったく眠気は感じなかった。逆に、妙に頭が冴えて仕方がなかった。

こんなときは、ゆったり風呂に入り、気分をリラックスさせるに限る——。

風呂好きの奈津名はそう思いながら、上着を脱ぎ、腰に下げていた拳銃を外した。そしてバッグをテーブルの上に置いてバスルームへ行き、浴槽に湯を溜めはじめた。

今、奈津名たちが泊まっているホテルはビジネスホテル。警察の出張旅費では、ゆったりと寛げるようなホテルや旅館に宿泊するほど、予算も余裕もなかったのだ。

男同士の出張なら一部屋ですむ。だが、いくら二人がコンビを組んでいて気心が知れているといっても、そこは男と女。奈津名自身は海棠と同室でも別に構わなかった。捜査に来ていて間違いが起きるなどとは、考えてもいなかった。

だが、ホテルを手配してくれたのは所轄署警備課の警部。二人のことを気遣い、海棠とは別の部屋を取ってくれていたのだ。

奈津名は部屋に鍵が掛かっていることもあり、安心してロングパンツを脱ぎながらも、まだ事件のことを考えていた。

辻有希子は東京で仕事をしていた。それに誘拐された長谷川市長の顧問弁護士の内村も、仕事場の拠点を東京に置いている。

しかもその二人は、長谷川助教授や家族とも密接な繋がりを持っている。このことからしても当然面識があると見ていい。

かりに挙式当時はたんなる顔見知り程度だったとしても、その後、有希子は店を倒産させている。その彼女と特別な関係にあったと思われるのが、比留間英友という元経営コンサルタントの男。

有希子が借金を抱えてどうにもならないところまで追い込まれていたとしたら、経営コンサルタントをしていた比留間が、弁護士に相談するようアドバイスするはず。

かりに有希子が借金処理の相談を持ちかけるとすると、やはり顔見知りの内村弁護士のところへ行く可能性が高い。

相談に行っていたとしたら、有希子と内村弁護士との関係は、より密になっていると考えられる——。

奈津名は弁護士の内村の存在を気にしながら、下着姿になった。

これまで鍛えてきた奈津名の肉体は、見事なほど美しかった。

無駄な肉は削ぎ落とされ、腰は細く引き締まっている。深い谷間の切れ込みのある、ふくよかな胸元に弛みはなかった。

白いレース付きの、薄い小さなショーツからはみ出している尻は、滑らかな丸味を帯びている。女独特の柔らかな肌が、流れるような美しい曲線を見せていた。

奈津名はバッグの中から下着を取り出し、備え付けのクロークの中から浴衣を出した。そしてテーブルの上に置いていた拳銃を納めているホルスターごと、その浴衣に包み込み、バスルームに持ち込んだ。

ドアに鍵が掛かっているし、部屋は六階にある。窓の外にベランダはなく、外部からガラスを割って誰かが侵入してくる恐れもない。

だが、人間、裸になっているときが、最も無防備であり危険なときでもある。

奈津名は女だけに、独りになったときは、余計気持ちを引き締めていた。

脱衣籠の中に拳銃を置き、その上から浴衣を被せるようにして置いた奈津名は、ブラジャーを外し、長くスリムな両脚からショーツを抜き取り、小さくたたんで浴衣の上に置き、湯を止めた。

透き通った湯は浴槽の縁から溢れ出るほど満杯になっていた。片膝をつき、掛け湯をして石鹸を泡立て、先に体を洗いはじめた。

9

「大きな声を出すんじゃねえ。逆らったら殺す。今、何人泊まっている――」

目出し帽を被った男が四人、ビジネスホテルの前に停めたワゴン車から降りてきて、建物の中に入るなり、受付にいた年輩の男に、サイレンサーを装着した銃口を突き付けた。

「な、なんですかあんたたちは……」

真っ蒼になった男が、声を震わせながら精一杯の声を出した。

「勝手に喋るんじゃねえ！　何人泊まっているかと聞いているんだ！」

男が声を押し殺して激しく詰め寄った。

「十、十二人です……」

年輩の男が言われるままに人数を答えた。

「刑事が泊まっているはずだ。何階の何号室だ」

別の男が銃を頭に突き付けて聞いた。

「六階です……六〇二号室と六〇三号室……」

「六〇二と六〇三だな。で、部屋の鍵は自動ロックか」

男が生唾を飲み込んでいる年輩の男に向かって確認した。

「鍵です……」

年輩の男が体を強張らせ、目尻をヒクヒク痙攣させながら答えた。

四挺の拳銃が頭に向けられていて、まったく逆らえなかった。

「間違いないな」

男が念を押した。

「は、はい……」

「部屋のキーを出せ！　合鍵があるだろ、早く出すんだ」

男が鋭い目で射竦めた。

「わ、わかりました……」

受付にいた男は、強張らせた顔をさらに引き攣らせた。

わなわなと唇を震わせながら、恐る恐る後を振り向き四角い扉を開けた。そして、掛けていた鍵の束を取って男の前に差し出した。

「どの鍵が部屋の鍵だ」

「ば、番号は鍵に書いています……」

年輩の男が途切れ途切れに言う。

「確認しろ！」

今まで黙っていたリーダー格の男が低い声で厳しく言う。

「たしかに部屋の数字が入っている――」

鍵の束を受け取った男が、確認して頷いた。

「行け！」

リーダー格の男が短く言って、顎をしゃくった。

「泊まっているのはおまえひとりではないはずだ。受付の交替要員はどこで寝ている。仮眠室はどこだ」

リーダー格の男が周囲に警戒の目を配り、銃口を向けたまま聞いた。

いくら深夜だといっても、三十部屋もあるホテルだ。一人で朝まで受付に座っているとは考えられない。必ず交替要員がいると確信していたのだ。

「こ、この奥です……」

年輩の男が、顔を強張らせて、カウンターの中から通じている部屋の方に視線を送った。

「何人いる」

「ひとり……一人です……」

「一人に間違いないな！」

リーダー格の男が強く念を押した。

「…………」

年輩の男がぎこちなく頷いた。

その瞬間、銃の引き金に掛けていた男の指が動いた。なんの躊躇もなかった。

「ウグ……」

プシュッと小さな音がしたのと同時に、年輩の男が顔を歪めた。頭が弾け大きく後ろに仰け反った。

ぱっと鮮血が飛び散る。後頭部から噴き出した血が壁に叩きつけられ、へばりついた。

重心を失った体が、どすっと音をたてて壁にぶつかり、床に倒れ込んだ。

壁に叩きつけられた血が、ツツツーと筋を引いて流れる。カウンターの中で倒れた男の体が激しく痙攣した。

だが、その痙攣は何秒も続かなかった。すぐにぐったりして動かなくなった。

銃を手にした男が身軽にカウンターを乗り越えた。

正面から頭を撃ち抜かれ、血みどろになって倒れている男を冷たく見下ろした男は、ほぼ即死状態にある男の頭に再び銃口を向けた。

ピクリとも動かない男の頭部に向けて二発、三発と銃弾が容赦なく撃ち込まれた。

弾丸が確実に頭をとらえる。鮮血が飛散し、弾かれた頭部が衝撃で動いた。だが男は顔色一つ変えなかった。

奥の休憩室にはまだ一人いる。今のところ気付いたような気配はないが、男が倒れたときに音がした。

俺たちが、六階に上がっている間に仮眠中の男が起きてきて、遺体を発見したら騒ぎたてる——。

男は、なんの躊躇もなく身を翻して、奥の部屋へ押し込んだ。

一方、先にエレベーターで六階に上がった男たち三人は、海棠と、奈津名の部屋の前に立っていた。

鋭い眼差しを周囲に向け警戒する。男たちは神経を研ぎ澄ませ、聞き耳を立てた。

男の一人が、受付で奪った部屋のキーを、そっと鍵穴に差し込んだ。奈津名の部屋だった。

「いいか、おまえたち二人はここで見張っていろ。もし、男の刑事が気付いたら、ぶっ殺せ。どうせ殺す相手だ」

男の一人が冷ややかに指示した。

「任せろ、ドアは開けておけ。おもいきり銃弾を撃ち込んでやるぜ——」

二人の男が顔を見合わせた。

銃口を海棠の部屋に向けて身構えた。その間、ドアを開けた男が敏捷に体を滑り込ませた。が、入口からベッドの位置は見えなかった。

「ん？」

銃を構えた男の耳に、シャワーの音が聞こえた。

女の刑事はシャワーを浴びているのか——男の脳裏に、素裸になっている奈津名の肉体がちらついた。

足音を忍ばせた男はゆっくりと奥へ入った。

テーブルの上に置いてあるバッグを見て、近づいた。

バスルームのドアに鋭い視線を向けながら、男は口の開いているバッグの中に、黒い手袋をはめた手を突っ込んだ。

警察手帳か——男は片手で警視庁と刻印された手帳を摑み、表紙を開いた。

そこには奈津名の顔写真と名前、そして階級が書かれていた。

この女刑事は奈津名というのか。なかなかの美人じゃねえか——。

男は名前を確認したあと警察手帳をテーブルの上に放り投げた。再びバスルームのところまで戻ってきて銃を構え、ノブを鷲摑み（わしづかみ）にして、ゆっくりと音がしないように回した。

だが、バスルームの中から鍵が掛けられていてドアは開かなかった。

畜生、鍵など掛けやがって。用心深い女だ——。

男は眉間に縦皺を寄せて、ドアから少し離れた。

どうする、出てくるまで待つか。いや、そんな悠長な時間はない。ドアを破り、殺る（やる）しかない。さいわいここはバスルーム。殺したあと、バスタブの中に遺体を放り込み、シャワーを出しっ放しにしておけばいい。

あとで警察が駆けつけても、シャワーを浴びていると思い、すぐ部屋の中に飛び込むようなことはしないだろう——。

男はそう思い、ノブに銃口を向けた。

第四章　都会の弱点

1

「？……」

石鹸を泡立て体を洗っていた奈津名の手が止まった。

いま、カチャカチャという小さな音が聞こえた。誰かが部屋に入ってきて、ここのドアを開けようとしている──奈津名に緊張が走った。

海棠が黙って部屋に入ってくるはずはない。ましてや受付にいたホテルの従業員が勝手に入ってくるなど考えられない。だとしたら誰が……。

奈津名はドアのノブにじっと目を凝らし、耳に神経を集中させて、体に泡をつけたまま立ち上がった。

部屋の鍵が壊れていたとは考えられない。だとすると、やはり誰かが合鍵を使ってこの部屋に侵入している——奈津名の表情が硬直した。

奈津名は泡のついた体も拭かず、置いていた浴衣に手を伸ばした。

下着を身に着ける余裕はなかった。まだ泡のついている、濡(ぬ)れた肌の上から直接浴衣を羽織り、帯を締めた。

拳銃を手にした奈津名は、じっと聴き耳を立てた。

銃が使われ、爆薬が使われている事件のことが、奈津名の脳裏を駆け抜けた。

私たちは、いまその事件を追っている。関係者に会って事件の聞き込みをしている。その情報が、どこからか犯人側の耳に入ったに違いない——。

ということは、警部補のところにも、誰かが忍び込んでいるのだろうか。だがそれなら大きな物音がしたり、叫び声なり争うような気配を感じるはず。

いや、真向いの部屋といっても廊下を隔てているし、部屋は閉まっている。この建物は鉄筋コンクリートで造られているから、声が聞こえないかもしれない——。

奈津名がドアに近づこうとした瞬間、

「パシッ、パシッ、パシッ――」

と鍵を掛けているノブの金具の横に穴が開いた。銃弾が続けざまに撃ち込まれたのだ。

奈津名は咄嗟（とっさ）に体を屈め、ドアの前から離れた。

だが、バスルームは金属や硬いコンクリートで仕切られているわけではない。材質はプラスチックのようなものだから、苦もなく銃弾は貫通する。

現に、いま銃弾が撃ち込まれた。そのことが奈津名を慌てさせた。

蒼白（そうはく）になった奈津名は、狭いバスルームの中で無意識のうちに身を隠す場所を捜した。

反射的に身を翻しバスタブの中に飛び込んだ。

バスタブの底は浅い。だから全身をすっぽりと隠すわけにはいかなかったが、ドアの正面から外れていた。

撃ち込まれる銃弾から一時的に避難できると思い、奈津名は咄嗟の行動を取っていた。

どうしよう……私はここから出られない。携帯電話はバッグの中だし、警部補に連絡を取ることもできない。大声で叫んでも声は届かない。こんなことになるのだったら、携帯を持ってくれればよかった――。

奈津名は一瞬迷った。

極度の緊張がそうさせるのか、銃を握り締めている手を一層硬くした。

と、また続けざまに銃弾が撃ち込まれた。

相手は、私がここにいることに気がついている。だから鍵を壊そうとしている。いずれここへ押し入られる。その前になんとかしなければ――。

腕といわず体といわず、全身に鳥肌を立たせた奈津名は、引き金に指を掛け、銃口をドアに向けた。

相手は何人いるかわからない。長谷川市長の家へ押し込んだ男たちは、少なくとも三名だった。

私は銃を持っているが、相手も銃を持っている。

もしドアを開けられ、この狭いバスルームの中に銃を乱射されたら勝ち目はない。五発しか弾丸は装塡されていない。このままではただ殺されるのを待つだけ。だったらこっちから逆に仕掛けるしかない――。

奈津名は肚を固めた。

相手は銃を撃ってきたが、ほとんど銃声は聞こえない。サイレンサーを装着した銃を使用している。しかし、今自分が手にしている銃を撃てば大きな銃声がする。

警部補は拳銃上級の腕を持っている。特殊訓練を受けているから、銃声かどうか必ず聴き分けてくれる。それに、深夜だから銃声は必ず部屋まで届く。

そう信じた奈津名は躊躇しなかった。

悲鳴を出さなかったからだろう。相手も中の様子を窺っているのか、銃声が止まった。

奈津名は音をたてないようにバスタブを出た。

気が張っていたからか、浴衣の裾が濡れて足首にまとわりついていることさえ、気がつかなかった。

瞬間、また弾丸が続けざまに撃ち込まれた。

二カ所、三カ所と穴が開き、ノブの金具が吹っ飛んだ。

音をたてた金具が床に落ちて転がる。

一瞬、ノブの外れた穴の前で黒いものが動いた。それを奈津名は見逃さなかった。

金具が外れて穴の開いたドアの前に立った奈津名は、躊躇しなかった。両手にしっかり銃を握り締めて、引き金を引いた。

パン、パン――。

銃が炸裂し、乾いた銃声が響いた。

「うわー！」

男の絶叫が聞こえ、どさっと倒れる音がした。

奈津名の拳銃から発射された銃弾は、開いた穴から確実に男の腹部に命中していた。

「どうした！」

いきなり銃声がして、男が大声を上げてぶっ倒れたからか、外で見張りをしていた男たちが叫びながら部屋の中に飛び込んできた。

なんだ、今の音は。まさか奈津名が——。

服を着たままベッドの上にごろっと横になり、事件のことを考えていた海棠は顔色を変えた。

それが銃声であることにすぐ気付いた。同時に、男たちの怒鳴り声と、あわただしい足音をはっきり感じ取っていた。

がばっと起き上がった海棠は、テーブルの上に置いていた拳銃を鷲掴み（わしづか）にして、ドアの傍に駆け寄った。

ドアの覗(のぞ)き穴から外を見た海棠の顔色がさらに変わった。ドアが開いていたこともあって、奈津名の部屋の中がよく見えた。

目だし帽を被り、黒い服を着た三人の男の姿をはっきり捉えた。

男が一人床に倒れている。二人の男がバスルームに向かって、銃弾を撃ち込んでいる。

銃が炸裂した瞬間、銃口からオレンジ色の光が、尾を引くように見えた。

男たちは銃弾を撃ち込んでは、体を壁に隠すような動きを見せていた。

奴らはサイレンサーを装着した銃を使っている。ということは、あの銃声は奈津名の銃のもの。このままでは奈津名が殺される——。

撃鉄を上げた海棠は一刻の猶予もできなかった。

男が一人倒れているということは、奈津名が撃ったからだ。銃声は二発聞こえた。奈津名の銃にはあと三発しか残弾はない。

俺の銃にも弾丸は五発しかない。奴らを一発で仕留めなければ——。

海棠が部屋を飛び出そうとしたとき、何を思ったのか男の一人が、サイレンサーの装着された銃を顔の横に立てて、海棠の部屋に向かって摺(す)り足で近づいてきた。

海棠は躊躇(ためら)わなかった。近づいてくる男の向こうに別の男の姿を捕らえていた。逆にタイミングを見計らって、おもいきりドアを開けた。

突然勢いよくドアが開いたからか、男が一瞬たじろいだ。

海棠はわずかな相手の動揺を見逃さなかった。

いきなり目の前にいる男の頭を狙い、引き金を引いた。そして続けざまバスルームの前にいた男の頭に向かって銃を撃った。

「うぐ……」

海棠の部屋に近づいてきた男と、バスルームの前にいて視線を向けた男が、ほぼ同時に頭を弾かれ、ドサッと音をたて後ろに倒れ込んだ。

海棠の手元で炸裂した銃弾は、確実に二人の男の頭を撃ち抜いていた。ほぼ即死の状態だった。

「うぬらー！」

奈津名に腹部を撃たれた男が、血塗れの上半身を起こして喚きたてた。

顔を顰めながら海棠に銃口を向け、引き金に掛けていた指を動かそうとした。その瞬間、再び銃声が鳴った。

「うわー！」

男が絶叫して顔を歪めた。

手に握っている拳銃が弾かれて吹っ飛んだ。

右の手首を撃ち抜いた銃弾は、バスルームの中にいた奈津名の銃から発射されたものだった。

「奈津名、大丈夫か！」

海棠が走ってきて、叫びながら床に落ちている拳銃を足先で蹴飛ばした。

そして銃弾で傷ついた男の手首を、足でおもいきり踏み付けた。

「大丈夫です……」

バスルームから飛び出してきた奈津名が、声を震わせながら答えた。

短い時間だったが、命のやり取りをしたあとだっただけに、息が上がり、肩で大きく呼吸をしていた。

緊張と恐怖、そして神経の昂ぶりがまだ治まっていなかったからか、浴衣の前がはだけていることさえも気付いていなかった。

「奈津名、怪我はないか――」

海棠は、血だらけになって呻いている男の頭に銃口を突きつけて、確認した。

「はい……」

まだ両手で強く銃を握り締めている奈津名は、返事をして頷くのが精一杯だった。

「奈津名、浴衣の前を整えろ――」

海棠が注意した。

奈津名はハッとした。反射的に視線を落とした。

言われたとおり、帯は締めているのだが、乳房が半分出ている。はだけた浴衣から下着を着けていない下半身が見えていた。

「………」

奈津名は横を向き、急いで乱れた裾をなおし襟元を整えた。

むきだしの肌を、それも正面から海棠に見られたことで、赤面するほどの恥ずかしさに襲われていた。

「てめえらの他に仲間は何人いる!」

海棠が銃口を鼻先に押しつけて、厳しく聞いた。

「………」

「黙っているということは他に仲間がいるんだな!」

と海棠が詰め寄ったとき、振り向いた奈津名が大声をあげた。

「危ない！」

叫んだ奈津名の声と銃声が続け様に交錯した。

「あう……」

海棠が顔を歪めた。

左腕に一瞬激痛が走った。

と同時に入口で男の体がどさっと倒れこんだ。

「ぐう……」

男の胸から血飛沫が上がった。

奈津名の手元から発射された弾丸は、男の左胸を確実に捉えていた。

2

「奈津名、服を着替えてすぐ警備課に電話を入れるんだ」

海棠が入口に厳しい警戒の眼差しを向け、奈津名が腹と手首を撃った男の頭に銃を押し付けて指示した。

その男の横には、海棠が頭を撃ち抜いて即死状態にある別の男が血だらけになって倒れている。そしてもう一人、奈津名から胸を撃たれた男が顔を歪め、苦しそうな呻き声をあげていた。

「は、はい……」

奈津名は返事をしながら、一瞬迷った。

ここで着替えるのかという躊躇はあった。だが、ぐずぐずしている余裕はなかった。すでに宿泊客はこの騒ぎに気付いている。それは外の騒つきで感じ取ることができる。だとしたら誰かが警察に電話を入れているだろう。いずれ警察官がここに来る。着替えるのなら今しかない。

奈津名は、自分でも下着を身につけていないことが気になっていた。

真っ蒼な顔を引き攣らせ、体を硬直させていた奈津名は、海棠の一言で、女の自分を取り戻した。

その途端、海棠に正面から素肌を見られたことへの恥ずかしさが、急に頭をもたげてきた。

いったんバスルームに入り、置いていた脱衣籠から脱いだ下着を持ち出し、部屋の奥へ移動した奈津名から視線を外し、海棠は苦悶している男に鋭く抉るような視線を向けた。

「おい、頭を吹っ飛ばされてえか――」

「うう……」

男は床に体を倒したまま、ただ呻いていた。

「俺の銃にはまだ三発弾丸が残っている。てめえが死んで墓場へ行くか、助かるために病院へ行くか、よく考えて俺の質問に答えるんだ。死にてえのなら、いつでも引き金を引いてやる――」

「……」

「そうか、その前にてめえの仲間と相談する必要があるな――」

海棠は横に倒れている血みどろになっている男の死体に手を掛けた。着ている黒服の襟を左手で鷲掴みにして強引に体を引き寄せた。

そして、いきなり銃を持ったまま、男のベルトを掴んだ。体をぐいと持ち上げ、呻いている男の上にその死体を重ねた。

「うう……」

男が目を開けて顔を歪めた。

重ねられたのが遺体だとわかったのだろう。体を捻(ひね)って避けようとあがいた。だが、すでに抵抗するだけの力はなかった。

「遠慮なく、相談するんだ――」

海棠は、遺体の顔を覆っていた目出し帽を剝(は)ぎ取り、血みどろになっている遺体の頭髪を鷲摑みにして、思いきり男の顔面に押しつけた。

「ヒー！」

男が情けない悲鳴を上げた。

だが銃で腹を撃たれ、大量の出血をしていたからだろう。自身の力で動くだけの余力は残っていなかった。

「この顔が死人の顔だということがわかるようだな。ということは体は動けなくても、まだ意識はしっかりとしているということだ」

「うう……」

男が目を中央に寄せて蒼白な顔面を引き攣らせた。

死人の顔が自分の顔にべったりと密着している。頭を撃ち抜かれたとき、白目を剝いて絶命していた。その動かなくなった白目が目の前にある。男はすっかり震えあがっていた。

「さあ、仲間と相談をしろと言っているだろうが！」

海棠が完全に怯(おび)えきっている男に、これでもか、これでもかというように何度も顔を押しつけた。

「ヒーッ！　や、やめろ……」

男がまた喉を切り裂いたような声を出し、初めて口を開いた。

「やめろだと!?　俺に命令するほど元気があるなら、本当のことを喋(しゃべ)ってもいいかどうか、この男に聞いてみろ」

人間とは所詮(しょせん)弱いもの。肉体的に抵抗できなくなった今だからこそ、効果がある。徹底的に脅して、精神的に追い詰めれば必ず喋ると考えていたのだ。

「………」

男が唇を震わせた。本人のほうが死人のような顔をしていた。

「警部補……」

服に着替えて顔を出した奈津名が、遺体の顔を押しつけている海棠の様子を見て、唖然(あぜん)とした。

「警察に電話を入れたのか」

海棠が振り向きもせずに聞いた。

「いいえ、これからです……」

奈津名が戸惑いながら返事をした。

「早くしろ。受付の様子も気になる――」

海棠が語気を強めた。

「わかりました。受付を確認してきます」

返事をした奈津名は、銃撃戦をしたあとだっただけに、まだ犯人の仲間がいるのではと一瞬思って緊張した。

奈津名は外の様子が気になった。服を着たこととで、いくらか気持ちは落ち着いていたが、それでも、倒れている男を見た途端、激しい怒りが込み上げてきた。

胸を撃たれて苦しんでいる男の傍を通るとき、つい、いままで抑えに抑えていた気持ちを爆発させた。

「そんなとこに寝そべって、邪魔だわね」

精一杯の皮肉を込めて吐き捨てた奈津名は、脇腹を靴先でおもいきり蹴飛ばした。

それは襲われたことへの腹立たしさと、抑えきれない感情の表れでもあった。

「あぐ……くそったれが……」

蹴られたことで体に激痛が走った。その痛みが男に正気を取り戻させた。

「てめえ、まだ逆らうだけの気力が残っていたのか――」

いったん振り向いて、外に出た奈津名の後ろ姿を見送った海棠が死体の頭髪を掴んでいた手を外した。

その遺体を撥ね除けるだけの力を失っていた男は、やっとのことで顔だけは避けた。

だが、海棠はそんな男を無視して、胸を撃ち抜かれている男に鋭い目を向けた。

「殺せ……俺たちを殺しても、東京は死の海になる……。もう、おまえらにはどうすることもできねえ……」

血の気をまったく失っている男が、苦しそうに肩で喘ぎながら、それでも口元に不敵な笑みを浮かべた。

「今、何と言った。東京を死の海にする？　どういうことだ」

海棠は聞き逃がさなかった。

男の一言で、自分たちを襲った連中がテロリストの仲間であることは証明された。

俺たちを襲ったということは、俺たちが市長と家族の誘拐殺人事件を捜査していることが、目障りだったからということになる。

しかしこれで、東京で起きた事件と新潟の事件がはっきり繋（つな）がった。『燃える星』と名乗っている連中の犯行だと断定できた。

今この男は東京を死の海にすると、はっきり言った。東京が連中に狙（ねら）われているのは間違いない。

「そのうちにわかる……爆破はほんのはじまりだ。あぐう……」

男は胸を撃たれていたからか、ゲボっと吐血した。

「どこだ！　どこを狙っている！」

海棠が男の胸ぐらを摑んで、さらに詰問した。

「………」

男は口元を真っ赤にしたまま、弱々しい目線を向けた。

「何がてめえらの目的なんだ！」

「今にわかる……うふふ……ぐう……」

男がニタッと口元を歪めた直後、再び大量の血反吐（ちへど）を吐いて、手を喉に当て、搔（か）き毟（むし）るような仕草をした。

　苦悶し、大きく顔を歪めた男がぐったりするのに、時間はかからなかった。

　口の周りを真っ赤に染めた男が激しく全身を痙攣させた。それはほんの十数秒だった。

　手足の痙攣が停まった。と同時に、虚空を摑んだ。手の指を折り曲げるようにして、ガクッと体を落とした。

「おい！」

　海棠は動かなくなった男の頰を強く平手で叩きながら怒鳴った。だが、男はそれっきり反応を示さなかった。

　頸動脈に指を当てた海棠は脈動を見る。が、すでに脈は止まっていた。

「馬鹿が、死にやがって――」

　吐き捨てるように言って、絶命した男の顔を鋭く睨み付けた海棠は、その射竦めるような視線を、死体を体の上に乗せたまま小さな呻き声を漏らしている男に移した。

　男の顔面に血の気はなかった。たった今、息を引き取った男と違って恐怖に怯えているのは明らかだった。

　腹部から大量の出血をしていた男に遺体を押し退ける力は残っていない。だからどうにもならなかったのだろう、遺体の顔から自分の顔を背けるくらいしかできなかった。

海棠は再度遺体の男の髪を鷲摑みにして、顔を引き攣らせている男の顔に押しつけた。べっとりとしていて、まだ凝固していない血の粘りが顔にへばりつく。

「ヒーッ、やめてくれ……」

男がまた喉を押し潰したような弱々しい悲鳴をあげ、唇をわなわなと震わせた。

「残ったのはおまえだけだ。おまえが素直に喋れば、助けてやってもいい――」

海棠が男の表情を鋭く見つめながら、静かに話しかけた。

「……………」

「誰を庇（かば）っている。『燃える星』という組織か。おまえが、命を落としても庇わなければならないほど、大事な組織なのか」

「……………」

「話したくなけりゃ、それでもいい。だが、この男の顔をよく見てみろ。おまえもこうなりてえか。命は一つしかない。いったん捨てた命は元に戻らない。それくらいのことはてめえでもわかるはずだ」

海棠は遺体の顔を押しつけたまま話した。

「や、やめてくれ……」

今まで死人の顔を押しつけられたことなど一度もない。生きている人間同士が顔を触れ合うのであれば、体温があるから恐怖などはまず感じない。

だが、すでに死んだ男の顔から温もりは消えている。

男は蒼ざめて動かない顔、表情を見せない顔を押しつけられていることに、気持ち悪さと背筋が凍るほどのおぞましさを覚えていた。

「俺の問いに答えたらやめてやる。誰に指示されて、俺たちを襲撃した」

海棠は、死の海という言葉の意味を考えながら、別の話から切り込んだ。

「………」

男は言葉を発しなかった。

3

「喋る気にならねえのなら、この男と同じようになるしかねえな――」

海棠は、冷たく言って、また死人の顔を押しつけた。

「や、やめてくれ……おまえら刑事がここに泊まっているから殺せと指示したのは、大塚、大塚だ……」

男は大きく顔を背けて、名前を口走った。

「大塚？　『草の根みどりの会』の大塚啓二のことか」

海棠が念を押した。

「そ、そうだ……ずっとおまえたちの動きを見張っていたんだ……」

男が肩で息をしながら海棠の言葉を肯定した。

「大塚は誰に動かされている。指示しているのは誰だ」

海棠がさらに詰問した。

「比留間、比留間英友と辻有希子という女だ……」

「比留間と辻有希子だな。で、その二人は今どこにいる」

海棠はさらに詰問した。

「東京だ……」

「東京のどこだ！」

「千代田区……千代田区の三崎町にある、ミサキハイムだ……」

男は助かりたい一心からか、苦し紛れに自供した。

海棠は苦しそうに胸を上下させている男の様子を見て、今のうちに聞けることはすべて聞いておかなければと思った。

男は出血がひどいため貧血状態になり、頭が朦朧としてきているのか、目にはほとんど精気がなかった。喋る声も小さくなっていた。

「ミサキハイムに住んでいるんだな」

「あ、ああ……」

「おまえたちが拉致した長谷川市長はどこにいる」

「栗原、栗原の会社の地下だ……あう、あぐう……」

男が頬を膨らませ、血反吐を吐いた。その鮮血が死人の顔にかかった。

「共学舎の地下だな！　まだ生きているのか⁉」

海棠が厳しく責め立てた。

「い、生きている……」

「おまえらの本当の狙いはなんだ。なぜ原発を爆発しようとしている」

海棠は死体を突き放し、苦しんでいる男の胸ぐらを掴んだ。

手にべっとりと吐いた血が付着する。だが、そんなことはまったく気にならなかった。死んでからでは話が聞けない。息のあるうちに聞き出さなければと焦っていたのだ。

「原発の爆破は……爆破は銀行や警察が裏切ったとき……予定どおりに、予定どおりにいかなかったときに報復するためだ……」

男が言葉を切り、肩で大きな吐息をつきながら、逆らわずに答えた。

「狙っているのは原発だけではない。他にもある……」

「他にもあるだと!? 東京を死の海にするということと関係があるんだな」

死の海にするという言葉の意味がどうしても知りたかった。頭から離れなかったのだ。

「ダムを爆破して、東京を崩壊させる……あぐ……」

男がまた吐血した。だが、口角からだらだらと流れだす血を、自身の力で拭うこともできなかった。

「ダムを爆破させるだと!?」

「そ、そうだ……」

「東京を崩壊させるためにダムを爆破させるというのか！ てめえらの目的は何だ！」

海棠が強く聞き返した。

「金だ……」

男が目的を口にした。

「やはり金か。銀行を脅したのもてめえらか。金を奪うために関係のない女や子供まで殺したのはなぜだ」

「成功させるためだ……大きな事件を起こして力を見せつければ要求が通る……」

男が喘ぎながら、今にも消えそうな小声で言う。

もう、目はほとんど潰れかかっていた。その喋り方は譫言（うわごと）のような感じだった。

「長谷川助教授を殺し、市長を拉致したのはなぜだ。微生物の研究データを奪うためか」

「そうだ……データを手に入れれば、莫大な金になる……」

「本当の目的は、石油を作る微生物を奪うことだったんだな！」

海棠は、はっきりと『燃える星』の最終目的を確信した。

「………」

男が小さく頷いて答えた。

「そうか、おまえらは、奥さんと子供さんを誘拐して長沼を脅し、原子力発電所の施設に爆薬を仕掛けたんだな」

海棠は険しい眼差しを突き付けたまま、東京での爆破事件を思い出していた。テレビ局のニューススタジオを爆破したのも、他の箇所を爆破したのもプラスチック爆弾C4を使っていた。

この男が、予定どおりいかなかったときの報復のために爆薬を仕掛けたと言ったのは、長沼を脅してC4を原発のどこかに仕掛けるためだった。だとしたら、早急に捜さなければ大変なことになる。

しかし、リモコンのラジコン飛行機を飛ばしていたのはなぜだ。飛行機にプラスチック爆弾を搭載して、突っ込ませるためだったのだろうか。それなら説明がつくが。

長沼の妻子を誘拐したあと、長沼を脅し施設内にC4を仕掛けさせようとした。だが、長沼が相手の要求を拒否した。それで親子三人が殺された。口を塞(ふさ)がれたに違いない。

リモコンの玩具がダムの爆破に使われる可能性がある。

東京の駅や高速道路、地下鉄でも、リモコンの車が確認されている。

海棠は男の話を聞きながら、事件の本質を考え、さらに厳しく質問した。

「どこのダムに爆薬を仕掛けた！」

「と、東京の……うぐ……」

男がまた血を吐いた。

顔面は真っ蒼になっている。もう声を出す気力も残っていないのだろう、紫色に変色した唇が小刻みに震えていた。

「おい、しっかりしろ!」

海棠は男の頬を叩きながら叫んだ。

だが、男は目を瞑り、海棠の言葉には反応しなかった。

「目を開けろ! まだ死ぬんじゃない!」

海棠は、声を掛け続けた。しかし、それは、今にも死にそうな男を救けなければと思ったからではなかった。

まかり間違えば奈津名も、そして自身もいまごろは死体になって床に転がっていたかもしれない。そんな相手に憎しみや怒りはあっても、一片の同情もなかった。

だが、まだ聞きたいことは山ほどある。男の命がある限り、できるだけのことを聞き出したかった。

『燃える星』と名乗る連中が、全国どこの原発を狙っているか、まだ摑めていない。

それにプラスチック爆弾のＣ４は微量でも大きな威力のある爆発物。もし、二、三カ所でも同時に爆破されるようなことがあれば、大変なことになる。

海棠は男の頸動脈に手を当てた。

動脈の動きがまだ手に伝わってくる。心臓は停まっていなかった。ただ、出血がひどかったからだろう、もう海棠の言葉に反応するだけの力はすでになかった。

このまま放っておいたら、間違いなく出血多量で、この男は死ぬ。命を落とそうが、落とすまいが俺の知ったことではないが、事件の詳細を聞くまではまだ死なせるわけにはいかない。

海棠は耳元に顔を近づけ、大きな声で話し掛けた。

「おまえの名前は！」

「…………」

「すぐ救急車がくる。意識をしっかり持つんだ。おまえの名前は！」

海棠は、分厚い掌で男の顔を叩き続けた。

と、男が両瞼を重そうに開けた。頬を叩かれても顔を顰(しか)めることも、避けようとする反応もまったく見せなかった。

「救けてやるから、名前を言うんだ！」

海棠はなんとか意識を覚醒させようと同じ動作を繰り返した。

「山越……」

男が聞こえるか聞こえないほどの弱々しい声で答えた。

「山越だな！」

「………」

男が力なくわずかに頷いた。

「姓はわかった。名前は！」

「タツト……」

男はやっと聞き取れるくらいのかすれた声で言う。

だがそのあとの言葉は少し唇を動かしただけで、はっきりとは聞き取れなかった。

「もっとはっきり言うんだ！」

怒鳴った海棠の耳に救急車のけたたましいサイレンの音が聞こえてきた。

海棠は、山越を責めることを諦め、ズボンのポケットから携帯電話を取り出して、すぐ警部の根岸に電話を入れた。

その頃、階下に降りていた奈津名は、真っ蒼な顔をしてカウンターの前に立っていた。カウンターの中には、血だらけになった受付の遺体が転がっている。恐いもの見たさもあるだろう。十人ほどの宿泊客が事件に気付き、少し離れたところから怯えた目を向けている。

建物の中で銃声が響き、目の前に奈津名が右手に銃を持って立っている。カウンターの中に転じている血みどろの遺体は見ていなかったが、事件があったことには気付いていた。遅い。所轄署の人は何をしているのよ。交番勤務の警察官がもっと早く来てもいいのに――。

内心苛々(いらいら)していた奈津名の耳にも、サイレンの音は聞こえてきた。

奈津名はそのサイレンの音を聞いて、ほっと胸をなでおろした。と同時に海棠のことが気になった。

警部補はまだ下りてこない。部屋でまた何か起きたのだろうか。

いや、私たちを襲った男たちのうち、部屋の中の二人と廊下に倒れている男は死んでいるはずだ。

だとしたら、まだ息があった男を責めて話を聞き出しているのだろうか――。

そんなことを考えている奈津名の目に玄関先で停止した救急車の白い車体が見えた。

4

「――ということです。長谷川市長が栗原の会社の地下に監禁されているということです。すぐ、確認してくれませんか」

――わかった、すぐ手配する。

電話の向こうから、根岸の緊張した声が返ってきた。

「それから比留間と辻有希子、『草の根みどりの会』の代表者大塚と栗原が事件に関わっていたことは確実です。その比留間と辻有希子が三崎町のマンションにいるかどうか、至急調べてみてくれませんか」

詳しく事情を報告して、捜査を頼んだ海棠は、大塚に対してだけは別な意味で強い怒りを覚えていた。

表向き環境問題に取り組んでいるように見せ掛け、自分だけが社会のことを考えているようなことを言い、世間に対して綺麗事（きれいごと）ばかり言っている。

そんな正義面をした奴が、その裏で他人の研究データを盗もうとして、平気で人を殺したり、罪もない女や子供を爆破という手段を用いて殺し、世間に恐怖を与えて銀行から大金を脅し取ろうとしている。

海棠は、裏の顔を持ち、世の中を騙し、善良な市民を裏切っている大塚に対して、激しい憤りを感じていた。

——事情はわかった。念のため三崎町のマンションも調べさせる。ところで本当におまえも奈津名も怪我はなかったんだな。

根岸が心配して再度聞いた。

「大丈夫です。それより警部、名前が挙がっている者のうち一人でもいいですから、身柄を確保して下さい。ひとりでも逮捕できれば、事件の全容がはっきりすると思うんです」

——わかった。

「それから警部、どうしてもわからないのは奴らの資金源です。Ｃ４や拳銃を手に入れるだけでも、かなりの資金が要ると思うんです。どこからその資金が出ているのか。銀行強盗でもして手に入れているのなら別ですが」

プラスチック爆弾のＣ４は、この日本で一般人が手に入れることはまず不可能。だがすでに、東京でこのＣ４が使われている。

また、誘拐殺人事件と俺たちを襲った事件には、いずれもすべて拳銃が使われている。

しかもその銃には、サイレンサーが装着されていた。

プラスチック爆弾や拳銃を手に入れるためには、密輸入をするしかない。それには当然金がかかる。

そればかりではない。被害者は確実に頭を撃ち抜かれている。どう考えても素人の仕業とは思えない。

俺も警察で拳銃の特練を受けている。公安課に所属したあと、警察大学校で要人警護や課報工作活動の訓練を徹底的に叩き込まれてきた。

攻撃は最大の防御。事件が起きたとき相手を撃ち殺せば、それで直ちに決着が付く。相手を確実に仕留めるつもりなら、心臓より頭を狙えと教えられてきた。

服の上から心臓は見えない。心臓の位置を推測して撃つしかない。だから、確実に心臓を撃ち抜けるかどうかわからない。的を外す可能性は常にある。

それに比べ頭を撃ち抜けば、確実に相手を即死させることができる。実行犯はおそらくそのことを知っている。

ということは、犯人はやはり特別な射撃訓練を受けている者と考えられる。

これだけ大がかりな計画を立て、行き届いた訓練をして、犯行を実行に移すための活動資金や訓練のための資金は、決して小さなものではない。

これらのことから考えると、金に困っていた栗原や市民活動をしている大塚、そして末端の実行犯に直接指示をしていたという比留間や辻有希子に、それだけの活動資金が出せるとは思えない。

海棠は事件の性格から、『燃える星』と名乗っている組織に、資金を出している黒幕が間違いなく背後にいると思っていた。

――捜査一課も四課などの協力を得て、密輸の事実があったかどうか、資金の出所についてはどうかなど、いま調べているところだ。

「そうですか――」

――それから話は変わるが、捜査一課から報告を受けたんだが、栗原の出版社で働いていた峰沢梨恵(みねさわりえ)という三十一歳の女がいるんだが、その女は三年前まで、いま金を要求されている東勧銀行に勤めていたんだ。

「東勧銀行に?」

——そうだ。しかしその女は客の金を使い込んで、銀行を解雇されている。使い込みの額は総額八千万円にも及んでいる。それで業務上横領ということで告発され、逮捕されたんだが、昨年の暮れに二年の刑期を終えて出所している。

「やはり金ですか。それで、使い込みの理由はなんだったんですか。八千万円もの大金をいったい何に使ったんですか」

海棠は金の使途が気になった。

——本人の自供によれば、原因は衝動買いらしい。ブランド物や宝石など高価なものばかりに手を出して、借金を作っていった。その借金の穴埋めに顧客の預金を操作して、横領したということだ。

「なるほど、それで解雇されたんですか……そうしますと警部、その女が銀行に対して、逆恨みをしている可能性も考えられますね」

——そのとおりだ。峰沢梨恵は出所した後、同じ銀行で取引のあった栗原の会社に、拾われる形で勤めていた。そこで知り合ったのが大石健吾という男だ。

根岸が捜査の経過を説明した。

「それじゃ、峰沢梨恵という女は、いま大石の女ということですか……で、その大石はどんな職業に就いているんですか」

海棠が頷きながらさらに訊ねた。

――大石は二年前まで大手の食品会社に勤めていた。ところが商品の不当表示などの偽装工作が発覚し、世間で問題になり消費者から厳しい非難を受けた。その煽りを食って職を失ったそうだが、住宅ローンなどを抱えていてかなり苦しんでいたようだ。結局そのことが原因で離婚し、いまは何をしているかわからない。定職は持っていないんじゃないかということだった。

「しかし警部、こうしていままでの話を聞いていますと、誰も爆発物や拳銃に詳しい者がいないですね」

――たしかにそうだな……。

根岸が同調した。

東京で起きた爆破事件を見ただけでも、『燃える星』はかなりの組織だと見るべきだ。組織の行動を背後から指揮している者がいなければ、これだけのことはまずできない。

根岸はそう思いながら質問を続けた。

――で、いまその山越という男はどうなっている。

「山越は病院へ搬送されて、危篤状態に陥っていましたが、医師の話によりますと、どうにか容態を持ち直したようです。ただ、いまのところ事情聴取をすることができません」

――そうか、一命は取り止めたんだな……ところでその栗原の件だが、かなり負債を抱えている。大体いまわかっているだけでも五億円を超している。銀行の融資がしてもらえず倒産寸前の状態だということだ。

「金に困っていたんですか……警部、事件を起こしている奴らの目的は金です。事件に絡んでこれまで名前が出てきた者は、すべて借金を抱えているとか、金に困窮していた者ばかりです」

――そうだな。

「長谷川助教授の奥さんと仲のよかった辻有希子は店を潰していて、連帯保証人になっていた比留間と一緒に姿を消しています。栗原や大石たちと金に困っていたという点に、共通する部分があると思うんですが、偶然ですかね」

――犯行目的が金であることを考えたら、偶然とは言い切れん。銀行に要求した金にしても常識外れの額だし、長谷川助教授の研究データを売れば、さらに大きな金を手にすることができる。そう考えるとそこに犯行の動機があるかもしれんな……。

根岸が海棠の意見に同調した。

「ええ」

――たしかに長谷川助教授や奥さんと特に親しかった辻有希子が、微生物から石油を作る研究が成功したことや、市長が弁護士の内村を通じて研究データや権利関係などを、管理していたことを知っていたとしてもおかしくはない。

「しかも、彼女は殺された長沼とも関係が深いですし、ひとりの女として、長谷川助教授を好きだったようですから、そこに感情的な面もあると思うんです」

――恋愛感情を持っていたのか……。

「長谷川は、恋愛感情を持っている有希子を選ばず、今の奥さんと結婚したんです。そこに嫉妬や憎しみの感情があったとしてもおかしくないと思うんです」

――彼女が長谷川に裏切られたことを根に持って恨み続けていたとしたら、助教授を陥れて、研究データを奪おうとしてもおかしくはない。十分考えられることだ。

「恋愛感情の縺れからくる憎悪が根底にあり、そこに金銭的な欲が絡んだとすると、強い殺人の動機になります」

――たしかに犯行の動機になる。海棠ちょっと待ってくれ。情報が入ったようだ。すぐ折り返し連絡をする。

根岸がそう言って電話を切った。

いったん電話を切った海棠は、何の情報が入ったのか気にしつつも、一方で『死の海にする』という言葉の意味を考えはじめていた。

『燃える星』と名乗る奴らの狙いが、長谷川助教授の研究データと銀行から金を奪うことにあることはほぼ間違いない。

犯行を確実なものにするために、奴らは原発を人質に取った。その脅しが本物であることを世間に知らしめるため、東京でテレビ局を爆破するなどの事件を起こした。

警察にしても銀行にしても、原発を人質に取られていては迂闊に手を出せない。奴らの狙いはそこだ。

警察に手を出させず銀行から金を奪い取る。そして、海外へ逃亡してじっくり腰を落ち着け、長谷川の研究データを売り込む。いや、すでにもう売手を捜しだしている可能性もある。

しかし、そうであれば言葉としては『死の海』ではなく『火の海』という言葉を使うはずだ。

奴らがあえて『死の海にする』という言葉を使ったとしたら、原発を爆破するという以外に、何か別のことを考えているんじゃないだろうか。

海棠は根岸からの電話を待った。

5

「根岸警部からです――」

電話を取った警備課員が、海棠に受話器を差し出した。

「すみません……はい、海棠です。何かあったんですか……」

海棠が受話器を受け取って電話に出た。

――根岸だ。いま比留間に関連した情報が入った。比留間の職業はコンサルタントだということだったが、三年前まで日本石油公団に勤めていて、主に中東で勤務していたようだ。

「中東で石油の仕事に携わっていたんですか。警部、長谷川助教授の研究と接点が出てきたですね」

――その通りだ。それからもう一点、爆発物に結びつく重要な手がかりが出てきた。実は、比留間のところに笠松和彦という男が出入りしていたらしい。この男は元自衛官で爆発物の処理が専門だったようだが、その後自衛隊を退職したあと、傭兵としてイスラム圏で活動していたようだ。つまり、二人は中東で知り合ったのではないかという話もあるんだ。

根岸が情報の内容を詳しく話した。

「爆発物の知識があり、傭兵として戦争に加わっていれば、当然プラスチック爆弾のC４の使い方も知っているだろうし、手に入れるルートを知っている可能性もありますね」

海棠はなるほどと思った。

――日本もそうだが、全世界には石油の産出されない国は多い。微生物で大量に石油を作ることができるとしたら、その研究データを欲しがる国はいくらでもある。比留間ならその辺の事情には明るいはずだ。

「この計画が成功すれば、とてつもない金が手に入る。それが狙いだろうが、そのためにまったく関係のない女や子供まで何百人も殺している。絶対に許せないですね」

海棠は話を聞いているうちに、我慢しきれないほど腹が立ってきた。

過去にどんな事情があるにしても、おのれらの欲のために関係のない者の命を何の躊躇もなく奪う行為は、どんな言い訳をしても通らない。どんな悪でも、どこかに人間性のひとかけらくらいは残している。だが今度ばかりは今までの犯罪とまったく違う。もし原発が爆破されたら、それこそ何十万人、あとの後遺症まで考えれば、何百万人の命が失われる。

人を人と思わず、欲のために無差別な殺人行為を起こす。こんなことを野放図にやらせるわけにはいかない。どんなことがあっても阻止しなければ。

警察を甘くみやがって、舐めやがって——海棠は、『燃える星』と名乗る連中に激しい怒りを覚えていた。

——それからこれはあまりいい情報ではないが、東勧銀行の大宅という業務部長が警察にきて、『燃える星』と名乗る男から二十億の金を要求されていた話はしたな。

根岸が話を変えた。

「ええ……」

——銀行が、警察には内緒で犯人の要求どおり金を渡したそうだ。たったいま大宅さんから連絡があった。

「金を渡した？　馬鹿な――」

海棠は吐き捨てた。

金の受け渡しをするときは、犯人を逮捕できる大きなチャンスだ。なぜ勝手なことをしたんだ。警察へ何のために相談にきたんだ。

――事情を確認したところ、相手は大宅さんが警察へ相談にきたことを知っていたらしい。その直後、裏切りに対する報復として、銀行の前に停めている車を爆破すると予告してきた。

「結果は……」

――予告どおり銀行の前に停めていた乗用車が爆破された。しかも、本店のロビーにC4を仕掛けている、確認しろと犯人が教えてきた。それで実際に捜した結果、支払伝票などを記載する台の下から、犯人の言葉どおり発見されたそうだ。

「本当だったんですか――」

海棠が眉間に濃い縦皺を作った。

――それればかりではない。犯人側は、本店や支店にもっと他に大量のC４を仕掛けていると、さらに脅しを掛けてきた。それで銀行側としては、警察へ届けることができなかった。

「舐めた真似を――」

――銀行は直ちに幹部会議を開き、犯人の要求を受け入れるしかないと判断した。それで警察には通報せず、大宅さんと別の行員の二人がつい二時間前に、犯人に言われるがまま携帯電話で誘導され、指定された場所へ現金二十億円を持って行ったそうだ。

「馬鹿な……」

――二人は指示されたとおり、現金を停めてあった乗用車に積み込んだらしいんだが、車の中には誰もいなかったそうだ。

「誰もいない？」

――携帯電話ですぐ立ち去るように指示されたらしい。二人はその指示に従ったので犯人の顔は見ていない。車種とナンバーは覚えていたが盗難車だった。

根岸は現金を奪われた経過を話した。

「というと、犯人に結びつく手掛かりはまったくないんですか」

――車とジュラルミンのケースだけは、一キロほど離れた路上で見つかったが、現金は持ち去られていた。いま捜査一課が聞き込みをしている。

根岸が電話の向こうで、悔しさを声に滲ませながら言葉を切った。

「警部、リモコンの玩具が使われたようなことはなかったですか」

海棠が聞いた。

――それはなかったようだ。

「それじゃ、リモコンの玩具についての情報は、入っていませんか」

――今のところ情報はない。

「そうですか……」

――それより海棠、事件は完全に東京へ移ったと見ていい。原発の関係は所轄署に任せてすぐ東京に戻ってこい。

根岸が指示を出した。

「わかりました」

海棠は頷いた。

――状況に変化があったらまた電話を入れる。

今度の事件に関連していると思われる奴らの過去を見ると、事業に失敗したとか、借金を抱えているとか、みな社会から背を向けられ、社会に恨みを持っている者ばかりだ。だから銀行から金を奪ったと考えれば話の辻褄は合う。しかも長谷川助教授の研究データを手に入れていたとすると、すでに目的は達成されている。

これ以上奴らは何を望んでいる。世間からいたぶられた逆恨みをして、そのし返しをしようとしているのだろうか。

電話を切って考え込んだ海棠は、考えれば考えるほど何かが胸の奥に引っ掛かった。

「警部補、一つ聞いていいですか」

課員が厳しい顔を向けた。

「ん?」

「長谷川市長の安否はわかっていません。長沼や奥さんと子供さんが東京で殺されたことを考えると、すでに命を奪われているんじゃないですかね……」

「最悪な事態も視野においておく必要はあるが、今は、生きていると信じていようじゃないですか」

「そうですね、最後の最後まで諦めるわけにはいきませんね。無事であってくれればいいのですが……」

「遺体が出てこないということはまだ生きている可能性は残っています。ぎりぎりまで諦めないで、足取りを追ってみるしかありません」

海棠は、課員の気持ちがわかるだけに、最悪な事態を考える一方で、祈るような気持ちになっていた。

6

海棠と奈津名が電力会社の捜索を柏崎西警察署に任せ、帰京し公安課へ戻ったのは午後四時すぎだった。

海棠と奈津名は、『草の根みどりの会』の代表者である大塚が、昨晩、東京へ行くと、事務所の職員のところへ電話があったことなどを報告した。

「……そうか、大塚はおまえたちを殺すことに失敗したことで身の危険を察知して、逃亡を図ったのかもしれん。すでに二十億の金を手に入れている。逃亡するための十分な資金を持っているはずだからな」

根岸は、『燃える星』と名乗る犯罪者集団が、警察の動きに対して、強い危機意識を持って動きだしたと考えながら、さらに言葉を継いだ。

「海棠、今日の昼すぎに『燃える星』から、東京を死の海にするとの犯行予告があった」

「またですか。で、今度は何と言ってきているんですか――」

海棠が怒りを圧し殺して聞いた。

「政治に世の中をよくする自浄作用はまったく期待できない。よって、我々が行動を起こし、国民の目を覚まさせると言ってきた」

「ふざけたことを――」

「やはり原発の問題を取り上げている。原発の事故が多発しているのは、おまえたちも知ってのとおりだが、シュラウドと言われる原発の炉心内部の隔壁や、ジェットポンプの計測用配管にひび割れの疑いがある。電力会社は長年それを隠蔽し続け、国民に対して重大な背信行為をしてきた。その責任を取らせるなどと激しい批判をしていた」

「…………」

「その他にも、ODAの問題や狂牛病の問題、フィブリノゲンでC型肝炎を感染させた問題で、国や製薬会社を痛烈に批判し、これも責任を取らせると言っている」

「取ってつけたようなことを……」

「医療、食品、金融など国民生活に直結するあらゆる問題が噴出しているのに、政治家や役人、企業のトップはまったく危機感を抱いていない。当事者が責任を取らないのであれば、自分たちが国民に代わって責任を取らせると言っている」

「勝手な理屈を並べやがって……」

海棠は話を聞けば聞くほど怒りが込み上げてきた。

犯罪集団の目的は、すでにはっきりしている。奴らは世間向けの言葉を吐いているだけだ。

しかし、すでに大金を奪っているのに、まだ逃亡する気配は見られない。犯行を諦めていないということは、長谷川助教授の研究データを手に入れていないということだ。

「それと海棠、おまえからの電話を受けて、すぐ『共学舎』へ行き、出掛けようとしていた栗原の身柄を確保して立ち合わせ、地下を調べてみた。しかし、長谷川市長の姿はどこにもなかった」

「警察の動きを察知して、市長の身柄をどこかに移したということですか……」

海棠は根岸の言葉を聞いて唇を噛んだ。

「おそらくそうだろう。いま、捜査一課で取り調べをしているところだが、まだ、自供は取れていない。ただひとつ心配な状況が出てきた。鑑識からの報告で、室内から血痕が発見された。それに、パンやカップラーメンの食べ残しなども発見されている。それもつい最近のものだ……」

「血痕が?」

「おまえたちが聞いた山越の話が本当だとすると、その血痕は長谷川市長のものと推測される。そうなれば、いま現在、市長は危険な状態に晒されていると考えなければならん」

根岸が険しい表情を見せた。

「血痕が長谷川市長のものと確認されたんですか――」

海棠が眉を顰めて聞き返した。

「血液型は市長のものと同じだ。いま市長のものかどうか、DNAの鑑定を急がせている。それからもう一点、三崎町にあるマンション『ミサキハイム』の張り込みを続けさせているが、いまのところまったく動きはない。人の出入りはないし、どの部屋も人がいる気配がないということだ」

「比留間も辻有希子も姿を隠したということですか」

「はっきりとはわからんが、そう考えたほうがいいだろう。いま、捜査一課が、二人の逮捕状と捜索令状の交付手続きをしているところだ」

「そうですか……それで、弁護士の内村とは連絡が取れましたか」

「現在、どこにいるか確認できていない。家にも戻っていないし、事務所にも顔を出していない」

「行方不明に？　まったく行先はわからないのですか」

奈津名が身を乗り出し、聞き返した。

「法律事務所の職員の話では、女から電話があって、昨日の夕方出掛けたまま、連絡がないということだ」

「その電話を掛けてきた、女性の名前は聞いていないんですか。行き先の見当はつかないんですか」

奈津名がさらに聞いた。

長谷川助教授の研究データを管理している、弁護士の内村だけに被害が及ばないはずはない。不自然だと思っていた。

もし弁護士の内村に被害が及ばないとすれば、内村自身が犯罪組織に加担していると考えられる。逆に犯人が内村を襲えば、長谷川市長と同じ被害者の立場になる。

いずれにしても弁護士の内村は逃亡を図ったか、拉致されたかのいずれかだ。犯罪になんらかの形で関わっていることは事実。

奈津名はそう思いながら、根岸の話にじっと耳を傾けていた。

「奥さんをはじめ、事務所のスタッフも心配して、知り合いのところにくまなく連絡を入れたようだが、立ち回り先はまったく摑めていない」

「内村が姿を消す前、周囲に何か不審な動きはなかったのですか」

海棠が厳しい顔をして聞いた。

「いまのところ、特にそういう話は出ていない」

「そうですか――」

海棠が厳しい顔をして頷いた。

はっきりと否定する証拠がない以上、弁護士の内村が犯罪に加担している可能性も、依然として残っていると海棠は思っていた。

「ただ、新たな事実として、破産申請手続きを依頼してきた者のなかに、辻有希子と比留間の名前があった。しかも、初めて内村弁護士を事務所に訪ねてきたとき、長谷川助教授の奥さんからの紹介だと言っていたそうだ」

「やはり繋がっていたのか――」

海棠が呟いた。

「それから比留間のところに、大石健吾と笠松和彦が出入りしていたことが、捜査一課の聞き込みからわかった。さらに、三年前銀行を解雇された峰沢梨恵が、辻有希子のところへよく出入りしていたことも確認できた」

根岸が今までに把握できている事実を耳に入れた。

「警部、これで組織の人間関係が、おおむねはっきりしてきましたですね」

「そうだな。われわれは、燃える星と名乗る犯罪集団を、テロリストではないかと思ってきた。しかし、これまでの捜査からはっきりしたことは、思想信条にもとづいて組織されたテロリストではなく、単なる殺人集団にすぎなかったということだ」

「たしかに……」

海棠が小さく頷いた。

現金と長谷川助教授の研究データーを手に入れるために、テロリストを装い、手口や犯行声明を真似ただけだったのか。

素人でもその気になれば、テロリストの真似事は簡単にできる。

重火器の使い方くらい、ものの三カ月もあれば十分扱えるようになる。拳銃にしても長い距離から相手を狙うのであれば難しいが、至近距離から撃つだけならそう難しいものではない。

銃を手にした者が、撃つ意志さえあれば簡単にできる。

海棠は警察官になりたてのころ、拳銃を初めて手にして、実際に射撃をしたときのことを思い出していた。

「笠松という男は自衛隊で訓練を受け、傭兵として実戦の経験もある。そんな男が銃の使い方を教えれば、素人でもすぐ銃は使えるだろう。同じく中東で石油プラントなどの建設に携わっていた比留間なら、犯行声明の出し方や、テロリストの犯行手口は十分知っている。金や研究データを盗むために、それをそっくり真似たとしてもおかしくはない」

「そうですね」

奈津名が同調した。

「二人ともこれを見てくれ。出版社の『共学舎』を家宅捜索したとき、こんなものが残されていたんだ」

根岸が机の上に置いてあった地図を手にして、二人の前に広げた。その地図には赤丸が記されていた。

そして根岸は、パソコンから検出した東京都内の水道資源と、給水区域を示す資料を取り出して見せた。

水がどの地域で水道水として使われているかが、赤や青などに色分けして示されていた。

「これは？」

奈津名が地図に目を移して聞いた。

「この地図上についている赤い丸印は、ダムや取水堰の位置を示している。しかも福島や新潟の原発のある箇所に丸印はない。このことから、奴らの狙いが原発ではなくダムにあることは明らかだ。通信施設や交通施設を爆破することで恐怖を与え、原発を爆破すると脅し、世間の目を引きつけ、警察の目を他に向けさせる。そこで手薄になったダムを爆破する計画を立てていたと考えていいだろう」

根岸が相手の考え方を分析した。

「俺が柏崎で奈津名から取水堰のことを聞いたときと、長沼たちの死体が取水堰で発見されたとき、奴らの狙いに気付くべきだった……」

海棠が奥歯を強く噛みしめた。

「いまさら過ぎたことを悔いても仕方がない。それより問題は、このダムと河川が東京とどう関係しているかだ」

「ええ……」

「これを見てもわかるとおり、東京には三本の河川がある。利根川と荒川、そして多摩川だが、この河川は東京都民の水の大動脈だ」

根岸が険しい顔をした。

犯罪集団の目的を読み取れなかったのは海棠だけではない。その責めを負うのなら上司の自分が負わなければならない。

だが、いまはそんなことを言っているときではない。一分一秒でも時間を無駄にすることはできない。

犯人側の目的がはっきりした以上、何としてでも犯罪集団の行動を阻止し、被害を出さないようにしなければならない。どんなことがあっても、ダムを爆破させるわけにはいかない。

「東京を水浸しにする。それが奴らの考えだったのか――」

「利根川水域の上流には下久保ダムや矢木沢ダム、薗原ダム、奈良俣ダム、藤原ダム、相保ダムなどがあり、荒川の上流には浦山ダムが、そして多摩川の上流には小河内ダムなどがある」

「…………」

「このうち利根川の上流に位置する下久保ダムと薗原ダム。荒川の上流にある浦山ダム。そして多摩川の上流にある小河内ダムの四カ所で、二カ月ほど前のことだが、リモコンで操作する飛行機が飛来し、ダムの上空を何度も旋回していたという情報がもたらされた」

根岸が険しい顔をして情報を伝えた。

「ダムや周辺一帯の捜索はどうなっているのですか？」

奈津名が聞いた。

「いま言った四カ所のダムを中心に、東京の水瓶であるダムのすべてを総点検させているところだ」

奈津名が表情を曇らせた。

ダムが決壊すれば、どれだけの被害が出るか見当もつかない。

「何のために、こんな馬鹿なことを考えるんだ。くそ――」

海棠が吐き捨てるように言った。

東京の水瓶である四カ所のダムが、同時に爆破されたらどうなる。ダムの水は鉄砲水となり、濁流が一気に河川を流れ、下流を襲うだろう。堰が切れたら間違いなく大洪水が起きる。そうなれば、東京二十三区はもちろん、近郊の市町村は想像もつかないほどの大きな被害を被るだろう。

生活に必要な飲み水が不足する。交通はいたるところで遮断される。停電がおき、通信施設が破壊され、市民生活に大混乱を引き起こす。

二十億もの金を奪ったいま、ダムを爆破する意味がどこにある。研究データを手に入れていれば、目的は達しているはず。それなのにわざわざダムを破壊する必要はない。

そのとき、根岸の机の上の電話が鳴った。

「はい、根岸だ……うん、そうか……わかった、なんとか考えてみる。引き続き取り調べを続けてくれ」

根岸が眉を顰めた。そしていったん電話を切った。

「警部、何かあったんですか」

受話器を置いた根岸の顔色を見た海棠が、鋭い眼差しを向けて聞いた。

「栗原が口を割らないらしい」

「そうですか。警部、俺に調べをさせてくれないですか」

海棠が言った。長谷川市長のこともある。だが、それ以上にダムが爆破されたらという気持ちがあった。

いまは一分一秒を争うとき。いつまでも時間を無駄にできない――海棠は危機感をつのらせていた。

「わかった、行ってくれ。捜査一課には私のほうから電話を入れておく」

「警部、私も行っていいですか」

奈津名も真剣な顔で訊ねた。

「いいだろう。だが、海棠の取り調べを邪魔しないようにするんだ」

根岸が頷いた。

「はい」

奈津名が緊張して返事をした。

7

海棠は奈津名と一緒に、捜査一課の部屋へ出向いた。

取り調べ室から出てきた刑事から、簡単に状況を聞いた海棠は、刑事に代わって調べ室に入った。

パイプ椅子に脚を組んで座っている栗原の姿に、海棠は射竦めるような視線を突き付けた。

栗原が振り向いた。目線が海棠と合う。その瞬間、栗原が視線を外した。

この男、意外に気が弱くて、脆(もろ)い一面を持っているのでは。

そう直感した海棠は、奈津名と目を合わせ小さく頷いたあと、黙って栗原の傍に歩み寄り、わざと軽く肩に手を掛けた。

「…………」

栗原が一瞬びくっとした。

「栗原、刑事さんが困っているじゃねえか。いい歳をしてあまり迷惑を掛けるな。黙ったままじゃ前に進まんだろ」

海棠は掌に硬直した体の感触をはっきりと感じ取って、静かに話し掛けた。

「………」

栗原は黙ったまま横を向いた。

「ひとが話し掛けているときは、俺の顔ぐらい見たらどうだ。もうおまえもガキじゃねえんだから」

「………」

「俺はたった今、新潟から戻ってきたばかりだ。栗原、おまえは大塚とよく連絡を取っていたそうじゃねえか。それに、長谷川助教授の本を出版しないかと、わざわざ大学まで行って話をしている。だったら俺にも話を聞かせてくれるよな」

海棠がわざと声を荒立てず、話し掛けた。

「………」

栗原はときどき口角を歪めるだけで、まったく口を開こうとはしなかった。

「そうか、自ら話す気はないか。それじゃ話をさせるしかねえな——」

海棠が冷ややかな目になった。激しい怒りが込み上げていた。

金のために女や子供を無差別に殺した。どんなことがあってもその償いだけはさせてやる。

「……………」

栗原がちらっと海棠を見て、やれるものならやってみろというような顔をした。

その顔が海棠には、自分たち警察を小馬鹿にして、笑っているように見えた。それがさらに感情を逆撫(さかな)でした。海棠の右足が俊敏に動いた。靴の底で力一杯パイプ椅子を蹴倒した。

「あっ……」

不意を突かれた栗原の体が、ガシャッ、どすんと大きな音をたて、床の上に椅子と同時に倒れ込んだ。

「警部補……」

部屋に入った奈津名は、突然の出来事に驚いた。

だが、栗原に対する怒りは海棠と同じ、いや、それ以上だった。

それに、海棠の怒りの気持ちが手に取るように読み取れていた。

そのため、攻撃的になった海棠を一切止めることはしなかったし、手出しもしなかった。

むしろ自身の怒りを託すような気持ちになっていた。

「………」

倒れた椅子を手にした海棠は、厳しい視線で栗原を見下ろした。そしてパイプの部分を喉に押しつけた。

「警察が、暴力を振るっていいのか！　うぐ……」

真っ蒼になった栗原が喚きたて、顔を顰めた。

「暴力だと？　てめえは殺された者たちや、被害者の家族がいまどんな思いをしているかわかっているのか！　ふざけたことをぬかしやがって」

海棠が真上から体重をかけて、さらに喉を締めつけた。

「ぐえ……」

栗原が顔を歪め、白目を剝いた。

「苦しいか。爆破によって怪我をした者は、もっと苦しんでいるんだ！」

海棠は手を緩めなかった。

他人はどうなっても、自分さえよければそれでいい。そんな栗原たちの考え方が我慢ならなかった。このまま殺してやりたかった。

だが殺してしまったのでは、他の者がどこで、どのような行動を取ろうとしているのかわからない。

ダムの爆破を食い止めるためにも、また新たな被害を出させないためにも、海棠は激しい怒りと憎しみの気持ちを、まだ抑え込んでいたのだ。

「うぐ……」

両手で椅子のパイプを鷲摑みにした栗原は、よほど息苦しかったのだろう、渾身の力を込めて、顔を歪めながら椅子をわずかに持ち上げた。

パイプと喉との間にできたわずかな隙間からやっと喉を外し、大きく息を吸い込んだ栗原は、体を捻るようにして顔を横に向けた。

パイプが喉元から頸動脈にずれた。海棠は容赦しなかった。今度はおもいきり頸動脈の上から押しつけた。

「うう……」

栗原が真っ赤な顔をした。

こめかみの上に太い血管が浮き上がる。懸命に椅子を持ち上げようとするが、椅子に腰を下ろした海棠の体重がまともに伸し掛かっていたからか、さらに頸動脈が締め付けられた。

「警察が何もしねえと思っているのなら、この場で考えを改めるんだな。このまま窒息死するか、助かりたいか、俺はどっちでもいい。好きなほうを選ばせてやる」

海棠が上からさらに力を加えた。

「ぐう……」

「さあ、どうする。俺は気が長いほうじゃねえんだ」

「………」

「どっちにするかと聞いているんだ」

海棠が声を落として言う。

「うう……」

栗原がさらに顔を赤くした。

首の骨が折れるような激痛を覚え、激しく体を動かしてもがいた。

「そうか、死にてえのか。いいだろう、首の骨をへし折ってやる――」

海棠が立ち上がった。

パイプ椅子を折り畳んだ海棠は、また栗原の顎の下に無理やりパイプの部分を押し込んだ。そして、喉仏がばらばらに砕けるほどの力を入れて、上からつよく押さえつけた。

「ぐえ……」

「…………」

「や、やめろ、い、言うからやめてくれ……」

栗原がパイプをわずかに持ち上げて、苦し紛れに言う。

「やっと言う気になったか。俺が質問をしたらすぐ答えろ。まず、比留間や辻有希子たちはどこへ行った」

海棠はどうにか息ができるくらいの隙間をあけて聞いた。

本当に海棠が栗原を殺してしまうのでは――黙って見ていた奈津名は、そんな錯覚を覚えていただけに、ほっと胸を撫で下ろしていた。

「取水堰だ……」

「取水堰？　ダムじゃないんだな！」

海棠はパイプ椅子を緩め、念押しした。

「ち、違う……」

「どこの取水堰だ！　一遍に話すんだ――」

「と、利根大堰と、秋ヶ瀬取水堰……それに多摩川の羽村と小作取水堰だ……」

栗原は声を震わせながら場所を口にした。

「ダムじゃなくて、なぜ堰を爆破する。目的は⁉」

「はじめはダムの爆破を計画していた。しかし、銀行から二十億の金を巻き上げたことで計画を変更した。利根川、荒川、多摩川の堰を破壊すれば、東京都内の上水道は完全に麻痺し、大混乱を起こす。それが狙いだ……」

「四つの堰を同時に爆破するのか」

「そうだ……すでに爆破の時間は決まっている……」

「何だと⁉　何日の何時何分だ！」

海棠が手にしていたパイプ椅子を横に放り投げて、栗原の胸ぐらを鷲摑みにして詰問した。

「今日、今日の夜十時だ……」

「今晩十時だな？　誰がどこの堰を爆破させるんだ。手順は！」

海棠の語気は荒くなっていた。

「笠松がすでに堰に爆弾を仕掛けている。あとは、比留間は利根大堰、大石が多摩川の小作取水堰と羽村取水堰、笠井が荒川の秋ヶ瀬取水堰を爆破することになっている……」

「爆発物はプラスチック爆弾のＣ４か」

「あ、ああ……」

「奈津名、警部に報告してこい！」

海棠が厳しい口調で言う。

「はい」

奈津名は海棠に頷きかけて、根岸に報告するため、すぐ部屋を飛び出した。

「長谷川市長はまだ生きているんだな。どこにいるんだ？」

「比留間が他の奴と一緒に連れて行った。爆破するときに殺すつもりだ」

もうどうにでもなれと思っているのか、栗原は海棠の質問に対して、不貞腐(ふてくさ)れた顔を見せながら話した。

「すると、長谷川助教授の研究データを手に入れたんだな。そのデータを持っている奴は誰だ。いまどこにある」

海棠がさらに詰め寄った。

「金もデータも、辻有希子が持っている……」

「やはりあの女が主犯だったのか――しかし、辻有希子は借金で首が回らなかったはずだ。その資金の出所はどこだ。活動資金は誰が出していた」

海棠は、背後にプラスチック爆弾や拳銃を購入する資金を出している奴がいると考えていた。

「銀行の大宅だ。今度のことはすべて大宅が仕組んだことだ……」

「大宅が？　東勧銀行に勤めている大宅のことか」

海棠は意外な名前が出てきたことで、いっそう険しい顔をして聞き返した。

「そうだ……銀行員は表向きの顔だ。裏で法外な利息を取って悪辣な金貸しをしている。借金で首が回らなくなった者を金で縛り、自分の思いどおりに使っている。裏の顔はヤクザ以上だ……」

栗原が悔しそうな顔を見せて言う。

「主犯は大宅だというのか。なぜ大宅は自分が勤めている銀行を強請り、研究データを奪うことを考えたんだ」

海棠はすぐには信じられなかった。

一銀行員がヤクザ以上に非道なことをする。どうしても理解できなかった。

過去に暴力団が絡んだ現金強奪事件は、数多く起きている。だが、金を奪うためにプラスチック爆弾を使い、無差別に何百人、何千人もの一般人を犠牲にしたというような話は、聞いたことがない。

「詳しい事情はわからない……」

と栗原が言葉を濁したとき、刑事と一緒に奈津名が部屋へ入ってきた。そして海棠の傍に歩み寄り、耳打ちした。

「警部補、あとの取り調べは刑事課に任せて、すぐ部屋へ戻るようにとの指示です」

「何かあったのか」

海棠が険しい顔をして聞き返した。

一瞬、堰が爆破されたのでは、という最悪の事態が脳裏をよぎった。

「金と研究データを持って逃げようとした辻有希子の身柄を、成田空港で押さえたそうです。それに気付いた大宅が銀行にＣ４と銃を持ち込み、頭取をはじめ幹部数人を人質にとって、立て籠もったようです」

「わかった」

海棠が床に倒れている栗原に鋭い眼差しを向けた。そして、入ってきた刑事に「あとを頼む」と声を掛け、奈津名と一緒に取り調べ室を出た。

8

海棠は、根岸に同行して奈津名たちと、東勧銀行本店へ車を乗り付けた。

プラスチック爆弾のC４が持ち込まれていることもあって、現場の周囲二〇〇メートルには、黄色のテープが張り巡らされていて立入禁止になっていた。

現場は重い空気に包まれていた。制服の警察官と、機動服を着た警察官が銀行の周りを取り囲んでいる。

銀行の建物を見通せる真向いのビルの屋上には、ライフルを手にしたスナイパーが二人、三人と配置についていた。

「避難は終わったのか」

根岸が先にきていた部下に確認した。

集まっているパトカーの回転する赤色灯の明かりが、より現場に緊迫した状況を醸し出していた。

「はい、人質に取られている幹部以外の行員、それに銀行周辺の建物に勤めている人たちの避難も、すでに終えています」

課員が緊張しながらもてきぱきと答えた。

「人質に怪我は──」

「頭取が腹を撃たれているようですが、怪我の程度は確認できていません」

「腹を撃たれたということは、銃も持っているということだな」

海棠が脇の下に吊したホルスターの止め金を外した。

「間違いないと思います。人質を取って立て籠もるとき現場から逃げた男の行員は、普通の拳銃ではなく、小型のマシンガンらしきものだったと証言しています」

「マシンガン?」

海棠が表情を強張らせた。C4とマシンガンを持っていれば迂闊には近付けないし、手は出せない。

普通のマンションとはまったく造りが違う。窓を破って部屋の中へ入るわけにもいかない。

だとすれば、なんとか入口のドアを開けさせ、その瞬間を狙い、中に飛び込んで大宅を押さえる。

状況によっては銃を使い、一発で撃ち殺す必要がある。ただ撃った瞬間、大宅がＣ４のリモコンスイッチを押したら、人質は間違いなく全員即死する。

俺もそうだが、建物の中に入っている同僚の警察官や、外にいる警察官にどれだけの死傷者が出るかわからない。

できれば、一人の犠牲者も出したくないし、出さないようにしなければならない――海棠はどうすればいいのか思案していた。

「よほど慎重に動かなければならんな……」

根岸もどう対処するか真剣に考えていた。

「警部、俺を中に入らせてくれませんか。大勢の者が中に入れば大宅を刺激するかもしれません。もし、Ｃ４を使われたら大変なことになります。その点独りのほうが動きやすいし、気付かれる確率が低いと思うんです」

海棠は、これ以上余計な犠牲者は出せないと考えていた。

「警部、私も警部補と一緒に行かせてください。独りでは何かあったときに連絡が取れません。それに大宅は私の顔を知らないし、女の私ならあまり警戒しないと思います」

奈津名も自分から建物の中に入ることを申し出た。

「それは駄目だ。海棠はともかくおまえを行かせるわけにはいかん。あまりにも危険すぎる。訓練を積んだ特殊部隊に任せる」

根岸がはっきり拒否した。

「待ってください。警部補がよくてわたしが悪いというのはどうしてですか。私が女だからですか。私も警察官です。それに今度の事件は警部の指示を受けて、ずっと警部補と関わってきました。最後までやらせてください」

奈津名が反発した。

「奈津名、死ぬかもしれんぞ。それでもいいのか――」

海棠が真っすぐ目を見つめて聞いた。

「誰が行っても条件は同じです。警察官である以上、危険だからというだけで引き下がるわけにはいきません。それとも警部の気持ちに、私が女だからという偏見があるのですか。そんな偏見を捨てて、ひとりの警察官として指示を出してください」

「私を困らせるな――」

根岸が苦悶の表情を見せた。

「警部、奈津名のことは心配いりません。俺に任せてください――」

海棠が険しい顔をしながらも、奈津名の気持ちを受け入れた。

「しかし……」

根岸は迷っていた。

奈津名はまだ若い。大宅みたいな者のために、命を懸けさせることはない。女としての幸せを摑ませてやりたい。

そんなことを考えていた根岸は、万が一のことを考えて躊躇（ちゅうちょ）していたのだ。

「警部、大丈夫です。連れていきます」

海棠は、必ず奈津名は護ると思い、腹を括っていた。

「わかった。奈津名、決して無理はするな。警部補の指示にしたがって動くんだ。いいな」

根岸が注意を与えた。

「はい、警部補には迷惑は掛けませんし、足手まといになるようなことは絶対にしません」

奈津名が表情を強張らせて言う。

海棠は課員に聞いた。

「人質の人数は。大宅はどの部屋に立て籠もっている」

「人質は五名です。立て籠もっている部屋は八階にある頭取の部屋で、中から鍵が掛けられています」

「大宅とのコンタクトは取れるのか」

「今のところ連絡方法は、加入電話しかありません。人質の携帯電話はすべて奪われているものと思われます。確認のため各人の携帯に電話を入れてみたのですが、電源が切られています」

「警部、大宅と交渉してくれませんか。相手の要求を呑むような振りをして、ドアを開けさせてほしいんです」

「わかった、やってみる。携帯は繋いだままにしておけ」

「お願いします……それで大宅は何を要求しているんだ」

海棠はさらに課員に聞いた。これまでに把握している情報を、できるだけ頭に叩き込んでおきたかったのだ。

「屋上にヘリコプターを用意するように。それから、羽田空港に小型ジェット機を用意して、逮捕した辻有希子をそのジェットに乗せて待機させるように。それから、次の指示を与えるとも言っています」

「わかった。奈津名、弾丸が装塡(そうてん)されているかどうか、もう一度確認しろ」

逃亡する気だろうがそうはさせん。海棠はそう思いながら確認させた。

「はい」

奈津名が緊張して返事をした。

そして、腰のベルトに装着していたホルスターから拳銃を抜き出し、弾丸が装塡されているかどうか確認した。

そのとき、根岸の携帯が鳴った。報告をしてきたのは、部屋に残っていた部下からだった。

「根岸だ……」

――四カ所の堰で特殊部隊の者が犯人を発見し、四人を射殺、八人を逮捕したそうです。

「何⁉ 射殺した？ で、堰はどうなった」

根岸が気になって聞いた。

――爆破は免れたようです。それから拉致されていた長谷川市長も、衰弱はしていますが、無事に救出したそうです。

「そうか無事だったか、よかった……それで射殺した犯人の身元はわかったのか」

根岸が一瞬ほっとした顔を見せたが、すぐにその表情を引き締めた。

――顔写真から射殺した者のひとりは、比留間に間違いないだろうということです。

「わかった。またはっきりしたら連絡を入れてくれ」

根岸が電話を切って、いま課員から聞いた情報を海棠と奈津名に伝えた。

「よかった。あとは大宅だけか……それじゃ警部、あとはお願いします――」

海棠が頷きながら先に身を翻した。

9

ビルの上空をヘリコプターが回っているのだろう。大きな爆音が聞こえてきた。

銃を抜いた海棠と奈津名は、轟音（ごうおん）を耳にしながら、エレベーターで八階に上がった。

機動服に身を包んだ特殊部隊の隊員が銃を片手に、非常口や階段の踊り場を固めている。

まったく動きのないビルの中は、重苦しい空気と緊張感が張り詰めていた。

頭取の執務室の出入口は、ドア一枚しかない。部屋に入ろうとすればドアを破るしかなかった。

拳銃で鍵を撃ちぬくのは簡単だが、その瞬間大宅がリモコンのスイッチを押したらそれまで。何もかもがふいになる。しばらく様子を見るしかない。

海棠はまったく手が出せないことに苛々していた。

屋上にヘリコプターを着けろ、ジェット機を空港に用意しろと要求しているということは、自暴自棄に陥って死ぬ気はないと考えていい。

自分がこの状況から脱出することしか考えていない。ということは、必ずこのドアを開けて出てくる。

他にドアが開くときは、大宅が交渉に応じて怪我人を部屋の外へ出すときか、水とか食料の差し入れを要求したときしかない。

海棠は、このいずれかを利用するしか、大宅を押さえるチャンスはないと考えながら奈津名に指示した。

「奈津名、大宅が妙な動きをしたら射殺しろ。失敗は絶対に許されん。銃弾は一発しかないと思え」

「はい」

「いいか、頭を狙うんだ。おまえが少しでも躊躇したら、奴は間違いなくＣ４を爆発させる。そうなれば結果がどうなるか言うまでもない。おまえも俺もそれで終わりだ。もしかしたら肉片も残らないかもしれん」

奈津名が眉を顰めた。

「頭も体もばらばらに吹っ飛ばされたくなかったら、引き金を引くときは絶対に躊躇するな。一瞬の迷いが命取りになる」

海棠は奈津名の言葉を無視して言った。

もちろん奈津名に拳銃を使わせる前に、自分が使うつもりだった。だが、状況はそのときどきによって変わる。何が起きるかわからないのが現場だ。

失敗をすれば取り返しがつかないことになる。自分たちだけが死ぬのであればまだしも、この建物の中に入っている同僚の警察官をはじめ、建物の周りを固めている者まで殺すことになる。

それぞれの警察官には家族がいる。その家族まで悲しみのどん底に突き落とすことになる。だから、わずかな気の迷いも許されないと考えていたのだ。

「わかりました……」

二人の会話が途切れた。

海棠が拳銃を顔の横に立てて、ドアに近づいた。

一方、奈津名は携帯電話に耳を当て、神経を集中させて根岸の話を逐一聞いていた。

そっと耳をドアに押しつけるようにして部屋の中の様子を窺った海棠の太い眉が動いた。

大きな物音や喚き声は聞こえなかった。だが、電話で喋っているような声だけは、聞こえていた。

「警部補、聞いてください……」

奈津名が囁きかけるように言って、耳に当てていた携帯電話を外し、海棠の右耳に押しつけた。

「………」

その海棠の耳に、電話でやりとりをしている根岸の声が、はっきり聞こえてきた。

「いまからヘリを屋上に着ける。その前に怪我をしている者だけでも、解放してやってくれ」

「まだ解放はできない」

大宅が冷たく突っ撥ねた。

「本当に生きているのか。人質の声を聞かせろ」

「まだ生きているから心配するな。いいか、私がヘリに乗り込み、この建物から離れるまで、少しでも妙な動きを見せたら、この建物と一緒に人質もろとも爆破する」

大宅が強い口調で脅しをかけた。

「おまえの目的は無事に国外へ行くことだろう。それにおまえの要求を受けて、辻有希子はいま空港に向かっている。大宅、もうこれ以上人を殺し、罪を重ねる意味はないだろ」

根岸は適当な話をしていた。

「たしかにヘリの音は聞こえる。しかし、辻有希子が空港へ行ったという確認はできていない。空港に向かっているかどうか、私のところに直接電話を掛けさせろ」

「わかった、連絡を取ってみる。しかしこっちの頼みも聞いてくれ。怪我をしている者を屋上まで連れていけないだろう。それに人質を全員ヘリには乗せられない」

「断る」

大宅が短く言い切った。

「大宅、もう一つ耳に入れておく。おまえが計画していた堰の爆破についてだが、現場で全員投降した。おまえの計画は失敗に終わった。残っているのはおまえ独りだ。もうこれ以上無意味な事件を起こすな」

「失敗しただと!? 何でもいい、いますぐヘリを屋上に着けろ!」

大宅は苛ついて大声を出した。

うまく警部の話に乗ってきた。もうすぐこの部屋を出るつもりだ。しかし、人質を何人連れて出るつもりなんだ。

それに、この部屋を出たあと、屋上までエレベーターを使うのか。それとも階段を上るのか――。

どんな方法でもいい。大宅がこの部屋から出てくれれば、決着をつけられる――そう考えていた海棠の耳に、部屋の中で動く気配がした。

「大宅は屋上にいくつもりだ。しかし怪我人は連れていけない。おまえは大宅が人質を連れて部屋を出たら、怪我人を救出して警部に引き渡すんだ」

海棠は、奈津名をできるだけ建物の外に出したいと思い、指示をした。

「わかりました。それで警部補はどうするのですか」

「俺は先に屋上へ上がって奴を狙う。奴はヘリに気を取られて必ず隙を見せる。そのとき決着を付ける」

「誰か呼びますか」

奈津名が心配して言う。

「いや、俺独りのほうが目立たない。それに屋上には特殊部隊の者が何人かいる。心配するな。必ず人質は無事に連れ出す」

自信ありげに言い切った海棠だが、一〇〇パーセントの勝算があるわけではなかった。下手をすれば人質もろとも吹っ飛ばされる。緊張感はあったが、それ以上に怒りや憎しみに似た感情と、事件を食い止めなければという気持ちが、複雑に交錯していた。いまさらあとには引けなかった。

バリバリという回転翼の大きな音をたて、風を叩きつけながら、警察のヘリコプターが屋上に舞い降りてくる。

屋上へ移動した海棠は、その屋上に待機していた二人の特殊部隊の隊員と接触した。

海棠が配置を指示する。小さく頷いた隊員が、敏捷に身を翻して散った。

ヘリコプターがゆっくりと機体を降ろしてくる。

機体が着地したのを見定めた海棠は、腰を低く折り曲げるようにして風圧の中を掻い潜り、操縦席に駆け寄った。

そして素早く操縦席の隣に乗り込んだ。

機動服を着て銃を構えている特殊部隊員の姿がちらっとでも大宅の目に入れば、当然そっちに気を取られ、神経を尖らせる。

早く逃げなければという気持ちが大宅を焦らせる。それに回転翼の風圧があるため、腰を低くして機体に駆け寄ってくる。

おそらく機体の中にいる自分たちのことに気が回らなくなる。そこに隙ができる。その瞬間を狙い一発で仕留めるしかない。

海棠は状況を冷静に分析していた。

屋上に出る扉が押し開けられた。来た――海棠の目が、屋内から出てきた三人の人質の後から、右手に持った銃を突き付け、左手にリモコンを握り締めている大宅の姿をはっきり捉えた。

もう少し体をずらせ。もっと機体に近付くんだ――。

機体と大宅たちの距離は、まだ三十メートルはある。膝元で拳銃を握り締めた海棠は、人質の陰になっている大宅の姿に目を凝らし、自分のほうへ近付いてくるのを緊張しながら待った。

「私の体には爆弾を巻き付けてある。動いたら爆発させる。銃を捨てろ!」

特殊部隊の姿に気付いた大宅が、人質を脅し機体ににじり寄りながら、リモコンを持っている手を前に突き出して喚きたてた。

馬鹿めが——海棠の思ったとおり、ヘリコプターに視線は向けたものの、やはり特殊部隊員に気を取られていた。

海棠は人質を気にしながら、狭い機体の中で身を沈めるようにして銃を向けた。

銃口は大宅の頭からリモコンを持っている手首に向けられた。腕が固定して動かなければ難なく撃ち抜くことはできる。それくらいの自信はあった。

だが、腕は静止しない。さらに人質の体が邪魔になって、なかなか引き金を引くことができなかった。

ヘリに乗ろうとすれば、いずれここで人質は解放する。その瞬間を狙うしかない——。

海棠の側から見ると、ちょうど人質が盾になっているような感じだった。

「おまえたちはここから一歩も動くな。少しでも動いたら撃ち殺す！」

大宅が喚きたてた。

特殊部隊の銃口を避けようとしたのか、人質の背後に回り込もうとした。

いまだ——狙いを定めた海棠が躊躇なく引き金を引いた。

パン——乾いた銃声が響く。瞬間人質が頭を抱えてその場に突っ伏せた。

銃声はローターの騒音にすぐ掻き消されたが、同時に大宅の首から鮮血が飛散し、風に吹き飛ばされた。

「うっ！」

反射的に手を首に当てた大宅が、凄い形相をして振り向いた。

しまった——わずかに手元が狂った。頭部を狙った銃弾は、大宅の首を横から撃ちぬいていた。

「うわー!!」

大宅が叫んだ。何を思ったのか、大声を出し続けながら屋上の隅に向かって走った。

海棠に考える暇はなかった。リモコンのスイッチが押されれば、プラスチック爆弾のC4が爆発する。危機感が無意識のうちに脳裏をよぎり、反射的に指を動かしていた。

パン、パン――海棠の手元で続け様に銃が炸裂した。

同時に大宅の体がコンクリートの縁を越えた。

大宅の体が宙に浮いた。瞬間、海棠の視界から消えた。

耳を劈くような爆発音がするのと同時に、オレンジ色の閃光に目を射られた。

海棠の体が立っていられないほど揺れた。

倒れ込むようにして体を伏せた海棠は、その強い光を自分の手で遮った。

ヘリが急浮上する。ローターの音に交じって、叫び、喚きたてる人の声が耳に飛び込んできた。

爆風で周りのビルのガラスが、次々に砕け散る。鋭利に尖った破片が、雨のように地上へ向かって降り注いでいた。

馬鹿な。自分でＣ４を爆発させるとは――。

海棠の顔色はなかった。ただ唖然とするばかりだった。

エピローグ

「海棠、奈津名、ご苦労さん。民間人に大きな被害が出なくてよかった。しかし海棠、よくその怪我で腕が動いたな……」

三日後、根岸が初めてほっとしたような表情を見せた。

銃弾が貫通した腕には、真っ白い包帯が巻きつけられている。首からその腕を吊り下げているのを見ただけでも痛々しかった。

「怪我をしていることなど、完全に忘れていました」

海棠が苦笑いをした。

「警部補、痩せ我慢していたんでしょう」

奈津名は茶化すような言い方をした。

「うるさい。おまえはいつも一言多いんだ」

と言い返す海棠の顔からも険しさが消えていた。

「でも警部、大宅はなぜ自殺するような形で、ビルから飛び降りたんですかね。突然あんな行動に出るとは……」

奈津名が首を傾げた。

「爆破計画を未然に防ぐことができた。これは皆が力を合わせてくれたからだが、辻有希子が逮捕され、爆破計画が失敗したことに気付いて、これまでと思ったんじゃないかな」

「逃げ場を失ったということですか……でも、事件のことを語らず命を絶つなんて卑怯です」

奈津名は、まだ大宅のことが許せなかった。

「そう言うな。大宅は屋上で自爆してもよかったはずだ。だが現実にはビルから飛び降りて、空中でC4を爆破させた。だから大きな被害が出なかったんだ」

「結果的にはそうかもしれませんが……」

「最後の最後に、大宅が人間性を取り戻した瞬間だったのかもしれん……」

海棠が独り言を呟くように言う。

「あの大宅がですか。自分の欲を満たすために、女や子供など罪もない大勢の人を平気で殺したんですよ。そんな大宅に人としての気持ちがあったとは思えません」

奈津名は海棠の言葉が納得できなかった。

少しでも人としての気持ちなり良心があるのなら、あんな惨い無差別殺人はしないはずだと思っていたのだ。

「それは違う。海棠の言うとおり、追い詰められた大宅が絶望した瞬間、人としての理性を取り戻した可能性はある。逃げられないと感じたのは頭取の執務室だろう。おそらく大宅としては自分の死ぬ場所を考えたと思う。でなければ人質もろとも執務室でＣ４を爆発させていたはずだ」

根岸も、建物を爆破しなかったことが、大宅のせめてもの良心だったのかもしれないと思っていた。

「そうですか。私はどうしてもそうは思えませんが……それはともかく、警部、なぜ一銀行員の大宅が、これほどの犯罪を起こしたのか、本当の動機は何だったんですか」

「大宅はもともと真面目な男だったらしい。しかし、支店長時代に、中小企業を救けるつもりで上層部の意見に逆らい、貸し出しを続けていた。ところがその企業が次々に倒産して貸付金が焦げ付きはじめた。そのことで責任を取らされ、降格が決まっていたらしい。

それに、中小企業の経営者から裏切られたという気持ちが残り、その辺から大宅の考え方が変わっていった。おそらくそれが大きな原因になっていたのではないかということだ」

根岸が奈津名の疑問に答えた。

「たったそれだけのことで、これだけの事件を起こすところまで、気持ちをエスカレートさせたというのですか……」

奈津名はまだ信じられなかった。個人の恨みをここまで社会に向けることが、本当にできるのだろうかと思っていた。

「所詮人間なんて弱いものだ。人が信じられなくなれば、誰でも金がすべてだと考えるようになる。その気持ちは理解できるが、ただ、そこで人としての理性を持てるかどうかによって、善いほうにも悪いほうにもいく。残念だが大宅は間違った方向にいっただけだ」

人は気持ちの持ち方によって、善くもなるし悪くもなる。

辻有希子にしても、長谷川助教授と結婚できなかったことを根に持っていた。峰沢梨恵も金の使い込みという罪を犯していながら、解雇した銀行を逆恨みして、報復を考えていた。

大石や笠松、大塚や栗原も皆自分自身に負けた結果、犯罪に走った。

犯罪は常識では考えられないところで起こるものだ――海棠はそう思っていた。

「人間とは、そこまで変われるものですかね……でも、長谷川市長が助かってよかったですね。警部、助教授が研究した微生物から石油を作る技術は、今後どうなるんでしょうか――」

奈津名が話を変えて、気になっていることを聞いた。

「やはり地場産業に役立てたいということだ。残された助教授の子供さんが大きくなるまで、しっかり権利を守ってゆくそうだ」

「そうですか、そうなると、長谷川市長は、もっともっと長生きしなければなりませんね……」

納得したように奈津名は大きく頷いた。

「それにしても原発やダムが爆破されなくてよかった。爆破が現実のものになっていたら、私たちも今頃こうしてはいられなかっただろうし、どれほどの犠牲が出たかわからない。それが事前に食い止められただけでもよかった」

「そうですね……」

奈津名もその通りだと思った。

世界を見てもますますテロ行為は激しくなっている。しかも強力な武器や細菌兵器を使った陰湿なテロが出てくる可能性もある。

今度の事件のように、テロの手口を真似た犯罪は多くなるだろう。この先こうした事件が、頻繁に起きると考える必要がある。

長谷川助教授の発見した微生物から石油を作る研究は、莫大な資金を生むことになる。この研究成果を奪うためにテロリストが動かないとも限らない。

海棠の脳裏からいつまでもテロリストの影が消えなかった。

（この作品は徳間文庫のために書下されました）

徳間文庫

震撼

首都崩壊

2003年1月15日 初刷

著者 龍一京

発行者 松下武義

東京都港区芝大門二―二―二〒105―8055

発行所 株式会社 徳間書店

電話 編集部〇三(五四〇三)四三五〇
販売部〇三(五四〇三)四三二四

振替 〇〇一四〇―〇―四四三九二

印刷 大日本印刷株式会社

製本 株式会社 宮本製本所

〈編集担当 村山昌子〉

ISBN4-19-891832-5 (乱丁、落丁本はお取りかえいたします)